KB123214

삶에 쉼표가 필요한 순간
당신을 위한 클래식

1판 1쇄 발행 2021년 12월 17일
1판 2쇄 발행 2022년 3월 15일

지은이 전영범
펴낸곳 도서출판 비엠케이

편집 김미진
디자인 아르떼203
제작 (주)재원프린팅

출판등록 2006년 5월 29일(제313-2006-000117호)
주소 121-841 서울시 마포구 성미산로10길 12 화이트빌 101
전화 (02) 323-4894 **팩스** (070) 4157-4893
이메일 arteahn@naver.com

값은 뒤표지에 있습니다.
ISBN 979-11-89703-31-8 03810

삶에 쉼표가 필요한 순간

전영범 지음

당신을 위한 클래식

Book

이 책을 나의 어머니 정명화님께 드립니다

바쁘고 분주한 세상살이, 느리게 노래하듯이 살 수는 없을까.

많은 이가 바쁨 자체가 목적인 양 살면서

마치 바쁘지 않으면 죄를 지은 것처럼 느낍니다.

가끔 다시보기 화면을 보듯 천천히 스스로를 돌아보는

시간을 가지면 어떨까요.

아마도 그런 시간에 클래식은

느리게 노래하듯이 살아볼 수도 있을 것처럼

귀에 들어올지도 모릅니다.

누구에게나 '클래식' 하면 떠오르는 것이 있을 겁니다.

도무지 이해 안 되고 길고 지루하며 졸린 음악이라고 생각하는가 하면,

멋진 콘서트홀과 비싼 티켓 가격을 떠올리는 사람도 있겠지요.

반면 클래식 애호가들은

"마음을 차분히 안정시켜주는 내 삶의 동반자"라고 여기거나

은발을 휘날리며 지휘하는 카라얀의 모습도 떠올릴 것입니다.

클래식 음악에 대해 어떤 이미지를 떠올리든

분명한 사실은 클래식은 생명력이 강한 음악이라는 것입니다.

클래식 음악은 수백 년 지속되어왔고,
다양한 문화 콘텐츠에 스며들어서
많은 사람에게 감동을 주고 있습니다.

그런 클래식을 둘러싼 이야기들을 해보고자 합니다.

클래식은 어떤 면에서 삶에 쉼표를 찍을 수 있는
여유와도 통합니다.
버트런드 러셀은 저서《게으름에 대한 찬양》에서
"현대인들은 어떤 일이든 그 일 자체가 목적이어서는 안 된다고
생각한다. 뭔가 다른 목적이 있어야 한다고 믿는다"고 했습니다.

뭔가를 해야만 한다는 강박 속에서
게으름을 찬양하기보다 죄악시하는 분위기의 도시생활에서
클래식은 내 영혼을 게으르게 하는 유일한 사치였습니다.

가사가 없고
작곡가의 의도도 가늠하기 쉽지 않고
끝도 없이 이어질 것만 같은 선율이
때로는 귓전을 간질이며

때로는 천둥소리 같은 웅장함으로 다가옵니다.

사랑하고 또 좋아한다고
절규하는 목소리가 없어도
그저 좋은 선율은 굳이 의미를 포착하지 않더라도
지친 영혼의 좋은 친구가 될 수 있었기 때문입니다.

사실 어떤 면에서는 다른 음악처럼 클래식도
공기의 진동이나 떨림이 귀에 전달되는
단순한 물리적 현상입니다.
그런 클래식 음악이 뇌로 전달되어 감정적인 파문을 일으키고
여운을 남긴 흔적이나 색깔은 다른 음악과 달랐습니다.
클래식은 오랜 역사를 두고 숙성되어 공기의 떨림에서 나아가
영혼의 울림을 주는 나의 동반자가 되었습니다.

"누구도 나의 춤을 빼앗아갈 수 없다"는 스페인 속담이 있습니다.
클래식에 흠뻑 빠져 있는 내 정신의
휴식을 앗아갈 사람은 없었습니다.
세상이 아무리 혼탁해도
정신은 맑은 향기로 채울 수 있었기 때문입니다.
그 공간에는 클래식이 같이 있었습니다.

백무산 시인의 〈고요에 헹구지 않으면〉이라는 시가 있습니다.

"시간을 고요에 헹구지 않으면 오늘을 반복할 뿐
내일의 다른 시간이 뜨지 않기에"라는 구절이 생각납니다.

클래식 음악을 감상하는 것은
어쩌면 '클래식'이라는 또 다른 고요 속에
일상에 지친 심신을 헹구는 시간은 아닐까요.
클래식이 왜 좋은 친구인가에 대한 답은 각자가 다를 것입니다.

삶의 근원적 정서를 파고드는 힘,
언어나 국경, 시대의 경계를 넘어 공감을 불러일으키는 힘이
클래식의 힘이 아닌가 싶습니다.
때로 클래식은 이해타산의 치열함에 찌든 정신을
아이처럼 맑고 순수하게 만드는 힘도 있다고 생각합니다.
하고많은 음악 중에 클래식만을 만병통치약처럼
숭배하라고 하지는 않겠습니다.

바쁜 현대인들의 일상에 클래식이 파고들 여지도
많아 보이진 않습니다.
무려 한 시간에 이르는 교향곡 4악장 전곡은
3분 내외로 한 곡 감상이 끝나는 대중음악과는
호흡이 다르니까요.

급할수록 돌아가라는 말처럼,

클래식은 바쁘고 쫓기는 마음을 추스르고
느리게 생각하는 역발상의 지혜를 가르쳐준 음악이기도 합니다.

독자들마다 다른 자신의 해석이 있을 수 있습니다.
그래서 특정 곡목을 꼭 추천하고 감상의 방법론과
이해를 돕는 글을 곁들이거나,
며칠 안에 클래식 교양을 습득하는 식의 접근은 지양하고자 했습니다.

클래식 음악을 공기처럼 있는 듯 없는 듯 느끼며 살면서
클래식과 그 주변 이야기를 틈틈이 적어두었습니다.
내 나름의 클래식 듣기와 읽기를
타인들과 교감하고자 했습니다.
그래서 내 귀에 들어온 클래식과 주변의 이야기들이
독자들 눈으로 들어가 자유롭게 해석되길 바랍니다.

세상의 모든 공부는 크게는 "텍스트와 그 해석"이라는
틀로 짜여 있다고 봅니다.

클래식을 이해할 때에도
'클래식의 바다'라는 텍스트가 있다면
'연주와 감상'이란 형식의 해석이 있습니다.
그런데 같은 텍스트를 두고도 해석은 제각각일 수 있습니다.

그래서 저마다 다른 차이코프스키와 모차르트를
연주하고 감상합니다.
예술 감상의 영역마저도 특정한 헤게모니와 권위로
감상자를 질식시키는 것은 바람직하지 않다고 생각합니다.

오랜 세월 사랑을 받아 '클래식'의 자리에 오른 곡들도
초연 때에는 혹평에 시달려
대중 앞에서 더 이상 연주되기 힘든 상황까지
내몰렸던 경우도 많습니다.

피카소는
아이가 되는 데 평생이 걸렸다고 했고
생 텍쥐페리는
훌륭한 어른이란 다른 어른들이 아는 것을 다 알고 있으면서
스스로의 눈으로 세상을 볼 수 있는 사람이라고 했습니다.

스스로의 눈으로 생각하고 세상을 보기 위해 노력했던
무수한 사색의 순간에 곁에 있었던 고마운 클래식,

그 클래식의 세포를 이루는 음표 하나하나에
숨결을 불어넣었던
위대한 작곡가와 연주자들에게 감사의 마음을 전합니다.

3. 두 거인의 음악과 삶

힘 빼고 듣는 클래식

🎧 시벨리우스, 바이올린 협주곡 🎧 베토벤 피아노 소나타 17번 템페스트 *100*

클래식에 던지는 몇 가지 질문

1. 감상의 정석을 묻는다

2. 클래식 비틀어 보기

클래식이 있는 풍경

3. 클래식 그리고 그 주변

예술은 가장 흥미로운 유희 중 하나다.
이런 유희가 인간을 고난에서 벗어나게 해준다.

막스 메크만

클래식이

내게

가르쳐준

것들

클래식 음악의 뒤에는 수많은 아름다운 선율만큼이나 무수한 이야기가 있고 고뇌에 찬 삶과 처절한 장인 정신이 녹아 있습니다. 결과가 어떨지 자신할 수 없고, 가치를 인정받을지 확실치 않고, 때로는 무용한 것을 만들지도 모른다는 불안감 속에 고독과 싸우는 것이 예술가의 숙명이자 예술 작업의 본질 아닐까요.

유능해 보이는 한 젊은이가 미래가 보장되거나 보상이 분명하지 않은 일에 젊음을 바치는 것은 무모할 정도의 용기가 필요합니다. 불확실성에 매달려 인생을 건다는 것은 얼마나 외롭고 힘들까요. 캔버스나 붓을 사기도 힘든 처지에 영혼을 바쳐 그린 그림, 청중에게 사랑받을지 알 수 없는 작품을 완성하기 위해 고독과 가난을 친구 삼은 시간들…….

이런 작품들을 즐겨 보고 들으며 전율을 느낍니다. 그리고 이런 작품을 탄생시킨 예술가들의 고독한 삶에 관심이 갑니다. 나는 어쩌면 예술가들이 낳은 작품보다 그들의 고독을 더 사랑하는지도 모릅니다. 역사상 많은 현자가 인간의 고독에 대해 성찰했습니다.

> 신은 인간을 만들고 나서 인간이 충분히 고독하지 못하다는 것을 깨달았다. 그래서 인간에게 고독을 무한하게 견딜 수 있는 능력을 다시 넣어주었다.
>
> — 폴 발레리

> 당신이 견디기 힘든 시기에 있다면 그것을 잘 견뎌라. 그러면 그 시기가 불운이 아니라 행운의 시기가 될 수 있다.
>
> — 마르쿠스 아우렐리우스

인간은 사회에서 어떠한 사물에 대해 배울 수 있을 것이다.
그러나 영감은 오직 고독에서만 얻을 수 있다

— 괴테

수많은 예술가, 철학자들은 이처럼 고독의 가치를 미리 알아보고 고독의 시간을 알차게 보낸 덕에 훌륭한 것을 성취할 수 있었겠지요. 나 역시 고독 속에 스스로를 침잠시키고 그 안에서 무수히 많은 예술가들을 만났습니다. 그들을 통해 내 삶의 좌표를 돌아보았습니다.

수십억 년의 지구 역사에서 인류가 존재한 기간은 하루 24시간이라는 기준에 비유한다면 자정을 5분도 채 남기지 않은 짧은 시간이라고 합니다. 인간이 사는 100년이 안 되는 시간은 우주의 시간에 비하면 찰나의 순간일 것입니다. 이 순간을 어떻게 의미 있게 보낼 수 있을까요. 그들은 그럴듯한 삶의 외피에 만족하면서 살아가는 것 이상의 어떤 가치들을 찾아보라고 내 귀에 끊임없이 속삭였습니다.

모차르트가 죽은 나이를 넘고 베토벤이 생을 마친 나이에 다가가는 즈음에 내 인생을 돌아보았습니다. 인생은 짧고 예술은 길다고 했던가요. 250여 년의 세월을 살아남은 두 거인은 지금도 우리에게 작품을 통해 자신들의 목소리를 들려주고 있습니다.

안단테 칸타빌레

차이코프스키의 〈안단테 칸타빌레〉를 들으며
이 책 본문 첫 페이지를 넘기면 어떨까요? 톨스토이가 이 곡을 들으며
눈물을 흘렸다고 지레 겁먹을 필요는 없습니다.
차이코프스키가 러시아 민요에서 선율을 채집해 만든
이 곡의 잔잔한 선율은 일상의 시름을
잠시나마 잊게 할 것입니다.

1. 클래식에서 읽는 인문 정신

예술가는 실패할 수 없다.
실패도 예술가가 되기 위한 하나의 성공이기 때문이다.
— 다니엘 크리사

예술의 힘

로만 폴란스키 감독의 2002년 작 영화 〈피아니스트〉에는 독일군 장교와 주인공 피아니스트가 만나는 장면이 있습니다. 독일군 장교는 겁에 질려 있는 남자에게 피아니스트인지 묻고 한 곡을 청합니다. 절뚝거리며 피아노 앞으로 다가간 피아니스트 슈필만은 쇼팽의 〈발라드 1번〉을 연주합니다. 그러자 이 남루한 행색의 예술가에 대한 대접이 달라집니다. 전쟁의 포화 속에 강팍해진 인간의 마음도 아름다움 앞에서는 한없이 따뜻해집니다. 인간의 감성을 어루만지는 음악이 무서운 총칼보다 힘이 셀 수 있음을 느끼게 해 주는 한 장면이었습니다.

그런데 이런 클래식 음악은 고급 예술이나 귀족 취미이거나 그에 봉사하는 예술이라는 이미지를 가지고 있습니다. 오래전 모차르트, 베토벤이 활약한 시기에는 어느 정도 맞는 말이었습니다. 많은 음악가가 왕이나 귀족이 요청하고 주문하면 작곡해주며 궁정에서 연주하며 먹고살았으니까요. 그러나 19세기에 들어와 악보 출판이 활성화되고 전용 공연장이 생기면서 클래식 음악가들의 활동 폭은 넓어졌습니다. 이어 20세기 초에는 대형 음반사가 등장하고 음반의 대량 발매가 가능해진 이후로 클래식의 문턱은 급격히 낮아졌습니다. 더욱이 카라얀 같은 스타 지휘자, 또 이츠하크 펄먼, 라흐마니노프 같은 음악가들의 등장은 클래식 대중화 시대를 열었습니다.

그러나 기술의 발전을 비롯한 시대 변화는 항상 위기론을 동반했고, 클래식 음악계도 더뎌 보이지만 꾸준히 변신의 노력을 보여주고 있습니다.

오늘날 클래식 음악을 공부하고 연주한다는 것은 어떤 의미일까요? 정도의 차이는 있겠지만 클래식 공부에 들이는 시간, 노력, 악기 등의 비용은 어머어마합니다. 특히 음악대학에 입학하려면 상당수가 비싼 악기와 교육비를 감당할 수 있어야 해서 소위 '금수저' 출신들의 전유물로 여겨지곤 합니다. 공부를 마치고서도 극소수를 제외하고는 역시 음악으로 생활하는 것은 녹록치 않은 것이 현실입니다.

그렇다면 옛날 음악가들은 어땠을까요? 멘델스존처럼 돈 걱정하지 않고 안정된 생활 속에서 작품을 남긴 경우도 있지만, 많은 작곡가가 '생계형' 예술가로 쉽지 않은 현실을 견디며 살아야 했습니다. '교향곡의 아버지' 하이든은 에스테르하지 가문의 궁정악장으로 일했고, '가곡의 왕' 슈베르트는 교사로 일하며 근근이 살아갔습니다. 또한 베토벤과 모차르트 역시 명성과 부가 일치하지 않는 삶을 살았습니다. 이들은 모두 귀족의 후원이나 용역으로 생활한, 오늘날의 표현으로 '흡수저형' 음악가였습니다.

우리가 흔히 예술을 고뇌와 가난의 산물이라는 식으로 인식하는 저변에는 베토벤, 슈베르트와 같이 궁핍한 현실을 극복하고 찬란한 예술혼을 꽃피운 사례들을 떠올리기 때문이 아닐까요. 모름지기 예술가는 가난과 처절한 사투를 벌이다시피 해야 좋은 예술작품을 만든다는, 진정한 예술은 안락함과는 거리가 먼 삶에서 탄생한다는 환상은 이렇게 해서 만들어진 것 아닌가 싶습니다.

비단 음악 분야만 그러할까요? 잠시 회화예술의 거장들을 떠올려봅니다. 남프랑스 아를에서 극심한 생활고 속에서도 캔버스에 수많은 명작을 남긴 빈센트 반 고흐, 남태평양의 고적한 섬 타히티까지 가서 원시의 자연에서 예술가로서 궁극의 삶을 고민했던 폴 고갱 그리고 평생 가난에 허덕이다 자선병원에서 쓸쓸히 죽어간 모딜리아니…….

한국의 예술가들도 예외는 아닙니다. 이중섭은 가족과 헤어져 가난, 외로움, 그리움을 안고 살면서도 〈소〉를 비롯 한국인의 정서를 대변하는 그림으로 한국 현대 회화의 거목이 되었습니다. 그는 너무 곤궁해 캔버스를 살 수 없을 때는 담배나 초콜릿을 감싼 은박지에 그림을 그렸습니다. 그뿐인가요. 한국보다 세계에서 더욱 인정받았던 전위예술가 백남준의 삶도 그러했습니다. 그는 궁핍한 삶을 감수하며 인생을 전적으로 예술에 쏟아부었습니다. 예술의 본질은 안락함에 안주하는 것이 아니라 인간이 추구할 수 있는 아름다움을 집요하게 추적하고 매달리는 정신이 아닐까 합니다.

베토벤은 어떤 귀족 부인에게 실연을 당하고 이렇게 말했다고 합니다. "나는 베토벤이오. 핏줄로, 그저 태어난 것만으로 (높은 지위와 재산을 얻는) 그 자리에 있는 당신들과는 다르오." 고귀한 예술가의 자부심을 대변하는 듯한 말입니다.

인류의 문화유산에 기여했다고 우리가 기억하는 사람들은 당대에 경제적 풍요를 누렸던 귀족들이 아닌 베토벤, 고흐 같은 가난한 예술가입니다. 총칼로 예술을 무너뜨릴 수 없듯이, 어떤 권력과 부도 예술가의 영혼까지 앗아갈 수는 없었습니다.

고통 속에 피어난 예술혼

클래식 음악사의 거인들은 혹독한 시련 속에서도 예술혼을 불태웠지만 현실 생활에서는 다소 무력했고, 실연·가난·불행의 그림자가 드리워져 있었지만 예술을 향한 의지는 더 뜨겁게 타올라 음악사의 큰 봉우리가 되었습니다. 베토벤, 고흐, 브람스, 슈베르트……. 이들에게서는 '안락함'이나 '행복' 같은 단어보다는 '고난'이나 '열정' '연민' 같은 단어들이 떠오릅니다.

큰 시련을 극복하지 못하고 주저앉아버리면 의미 없는 고통으로 끝나지만, 시련을 극복하고 결실을 맺으면 고통은 열매의 밑거름이 될 것입니다. 매일 매일 환희의 송가로 충만한 삶이 있을까요. 우리는 대개 크고 작은 고통을 안고 살아갑니다. 지나고 보면 악몽과도 같았던 고통이 나를 성장시켜준 거름이 되었음을 느낍니다. 그러나 막상 고통의 터널 속에 있을 때는 정말 모든 것을 포기하고 싶습니다. 고통이 성장의 나이테로 남을 때 우리 스스로 정신의 부피와 키를 넓히고 키울 수 있지만, 주저앉으면 뜻한 바를 성취할 수 없습니다. 그 시간이 지나치게 길어져 희망의 불씨가 보이지 않으면 '나'라는 나무는 밑동부터 썩어들어가 넘어질 수도 있습니다.

예컨대 베토벤 〈교향곡 9번〉 중의 〈환희의 송가〉는 청각장애라는 혹독한 시련을 딛고 일어선 베토벤의 삶이 찬란하게 승화한 결과물입니다. 심리학자 프로이트는 창의적인 활동은 불만에서 비롯된다고 했습니다. 그렇다고 불만에 찬 사람들만 창의적인 활동을 할 수 있다는 것은 아니지만, 안락함과는 거리가 먼 사람들의 위대한 예술적 성취를 보면 프로이트의 말이 전혀 근거 없다고도 할 수 없겠습니다.

차이코프스키는 인생 자체가 자신의 〈비창 교향곡〉에 비견될 정도로 '단조'라고 할 수 있습니다. 차이코프스키는 동성애자인 것 때문에 세상의 따가운 시선을 의식해야 했고, 원하지 않는 결혼을 한 뒤 이혼하려고 자살소동까지 벌였습니다.

그런가 하면 음악의 아버지 바흐는 두 번의 결혼을 통해 얻은,

흥부네처럼 많은 스무 명의 자녀를 부양하기 위해 허리가 휠 지경이었습니다. 그 가운데서도 바흐는 삶의 무게를 의연히 견디며 〈평균율 클라이버곡집〉〈골트베르크 변주곡〉〈무반주 첼로 모음곡〉 등 음악사에 빛나는 명곡을 탄생시켰습니다.

안락하고 평온함 삶, 걱정거리라고는 찾아볼 수 없는 삶 속에서 예술을 잉태할 수도 있을 것입니다. 앞에서 말한 멘델스존이나 미국으로 초대이민을 가서 든든한 재정적 후원자와 멋진 신세계를 만나서 독창적인 음악세계를 구현한 드보르작이 떠오릅니다.

그러나 예술에 대해 '위대함의 신화'라는 옷을 입히는 것은 때로는 생활고일 수도 있고, 또 다른 인생의 고통일 수도 있습니다. 처절한 현실이 자신의 목덜미를 잡을 때도 위대한 예술가들에게는 마치 선승들의 화두처럼 붙잡고 늘어진 '예술적 열정'이 있었습니다. 그렇지 않았다면 오늘 우리는 베토벤과 고흐를 만나지 못했을 것입니다.

짧은 삶, 오래 남은 음악

"인생은 짧고 예술은 길다"고 합니다. 이 말이 단지 수명이 길고 짧다는 말은 아니지만, 단명한 예술가들에 대한 안타까움은 이루 말할 수 없습니다. 물론 장수한 예술가도 있습니다. 피카소(1881~1973)는 아흔 살 넘게 살았고, 미켈란젤로(1475~1564)도 오래 살았습니다. 그들은 긴 인생만큼 예술혼도 오래 불태울 수 있었습니다. 반면 모차르트, 슈베르트, 쇼팽, 멘델스존, 반 고흐 등은 채 마흔을 넘기지 못했습니다. 하지만 생이 짧다고 그들의 예술 인생 마저 짧은 것은 아니었습니다. 비록 아까운 나이에 삶과 이별했지 만 그들이 남긴 무수한 작품들은 오래도록 인류의 사랑을 받고 있 습니다.

유대계 금융가에서 태어나 서른 여덟에 요절한 멘델스존은 온 화하고 자상한 성격으로 주위 사람들에게 밝은 빛 같은 존재로 음 악사에 묘사되고 있습니다. 그는 재정적 여유를 바탕으로 지금까 지도 명문 오케스트라로 건재하는 '라이프치히 게반트하우스' 오 케스트라의 음악감독으로 활약하기도 했습니다.

멘델스존 집안에는 음악가가 또 있었습니다. 누나 파니 멘델스 존이었습니다. 피아니스트이자 작곡가인 그녀는 많은 사람을 집 으로 초대하여 연주회를 열곤 했습니다. 일종의 '하우스콘서트'였 습니다.

부유한 집안과 음악 재능 덕분에 남부러울 것 하나 없었을 것 같 은 멘델스존의 밝고 경쾌한 면모는 〈교향곡 4번〉 일명 '이탈리아' 를 들어보면 잘 알 수 있습니다. 이탈리아에 머물 때 작곡한 이 곡은 지중해의 온화한 기후와 따뜻한 태양 이 비추는 이탈리아의 자연을 생각나게 합니다.

그리고 너무나 짧은 생애를 살다간 슈베르트를 빼놓을 수 없습 니다. 슈베르트는 불과 31년 10개월을 살았지만 1000개에 이르는 작품을 남겼습니다. 그는 가곡의 왕으로 잘 알려져 있지만, 〈미완성 교향곡〉을 비롯해 실내악과 독주곡, 오페라까지 다양한 장르의 곡을 썼습니다. 그의 짧은 삶처럼 이름도 미완성인 이 교향곡은 이름과는 다르게 완성도 높은 형식미와 아름다운 선율로 음악사에 소중한 자산으로 남았습니다.

슈베르트는 의외로 오페라를 다수 작곡했습니다. 하지만 그의 오페라는 무대에 올려지지 못했습니다. 변변한 집 한 칸 없이 가난했던, 번번이 짝사랑만 했던 청년은 사창가에서 몹쓸 병을 얻기도 했습니다. 좌절과 슬픔이 일상이었던 그의 사랑 이야기는 연가곡집 속에서 아름다운 시어와 선율에 얹어져 후세인들에게 수많은 울림을 주고 있습니다. 슈베르트는 이렇게 말했습니다.

∞ 　내가 사랑의 노래를 원했을 때
　　그 노래는 슬픔으로 바뀌었고
　　내가 슬픈 노래를 원했을 때
　　그 노래는 사랑으로 바뀌어 있었다.

시詩에 소리를 불어 넣은 슈베르트

슈베르트가 존경했던 베토벤의 친구이자 낭만주의 문학가인 프란츠 그릴파르처는 "그는 시가 소리를 내도록, 음악이 말을 하도록 만들었다. 시와 음악은 귀부인과 하녀의 관계가 아닌 자매로서 슈베르트의 무덤 위에서 포옹한다"고 했습니다.

슈베르트의 묘비명은 다음과 같습니다.

∞   음악의 주인은 여기 묻혀 있지만,
그의 음악은 여전히 더욱 아름답게 살아 있다.

누구도 타인의 비애를 정확히 알지 못합니다. 그저 짐작할 뿐입니다. 슈베르트는 예술을 향한 열정은 원대했지만, 생활인으로서 영리하게 자신의 이익을 추구하지 못했습니다. 그는 희망만을 품은 채 외롭게 짧은 생을 마감했습니다.

슈베르트는 친구인 시인 빌헬름 뮐러가 쓴 시를 보고, 실연의 아픔을 어루만지는 연가곡 〈아름다운 물방앗간 아가씨〉를 작곡했습니다. 한국인들에게 가장 익숙한 슈베르트의 〈세레나데〉를 들으며 슈베르트의 사랑을 생각해보면 어떨까요.

클래식, 내 영혼의 '슬로 푸드'

지나치게 실용을 추구하고, 쉽고 빠르게 과실을 따야만 하고 그래서 효율성과 경제논리를 비켜갈 수 없을 때에도, 예술은 예외도 있음을 알려줍니다.

클래식 음악의 꽃이라 할 수 있는 교향곡 연주에는 다양한 악기와 많은 연주자가 필요합니다. 무대 위에서 가장 아름답고 조화로운 소리를 내기 위해 엄청나게 많은 시간과 노력을 들여야 하므로, 이것은 음식으로 치자면 '슬로 푸드'가 아닐까요.

다시 말해 인공조미료를 듬뿍 넣어서 급하게 만들어낸 자극적인 맛보다는 영혼에 묵직한 울림을 주는 음악을 말합니다. '시간은 곧 돈'이라는 경제논리를 넘어 시간을 투여해 즐기는 음악이 돈으로 환산할 수 없는 정서적 위안을 준다면 이것의 가치는 또 얼마인가요!

그림이 '화이트 큐브'라는 박제된 공간에서만 존재해야 할 의무가 없듯이, 클래식 음악도 멋진 공연장 무대에만 머물러야 한다는 법은 없습니다. 예술의 힘은 문턱을 높여서 생기는 것이 아니기 때문입니다. 미술평론가 이건수는 《미술의 피부》에서 이렇게 말했습니다.

> 비엔날레라고 하는 근대 방식의 전시 유희는 아직도 '뜬금없음'과 백화점식 나열 방식으로 일관하고 있다. 그것을 사진이라는 매체에 국한하면 더욱 그렇다. 맥락 없는 거대 공간의 비엔날레 전시관을 세우고, 그곳에 연관성 없는 프린트물을 일정 간격을 유지한 채 채울 뿐이다. 사진도 책과 같은 인쇄 유산이라는 근본 태생을 고려하고 반성하는 행위가 증발한 공간에서 우리는 아무것도 얻지 못한다. 사진이 액자틀에 갇혀 벽에 걸려야 한다는 고정관념에서 벗어날 때 비로소 사진은 가볍고 자유로운 호흡을 획득할 것이다. 사진의 평면적인 한계를 고집한다면, 다시 말해 채집되고 박제된 이미지의

배열에 머문다면 사진이 포착하려 했던 생동감은 사라질 것이다. 오히려 독립책방에서 우연히 만난 사진집 책갈피에서 불쑥불쑥 튀어나오는 강렬한 시선이, 스마트폰 파일에 저장된 말 없는 풍경이 더 직접적이고 보편적인 이미지를 만나게 해줄 것이다.

클래식 음악도 마찬가지입니다. 음악의 구성 요소인 리듬, 멜로디 같은 기술적인 부분들이 하나의 의미를 가지려면 감상할 관객이 있어야 합니다. 어쩌면 가장 중요한 요소 아닐까요. 아무리 좋은 음악도 허공의 메아리가 된다면 공허할 것입니다.

예술가와 직업인

우리가 흔히 예술가라고 상상하는 사람들의 모습은 어떤 것일까요. 물질에는 초연한 태도로 예술혼을 쏟아 붓는 모습, 고흐나 베토벤, 슈베르트 같은 인물들을 떠올릴 수 있습니다. 교수나 교향악단 단원 같은 안정된 직업을 가진 사람들에게 이런 전통적인 예술가 모습을 기대하기는 힘들어 보입니다. 단란한 가정과 안정적인 수입을 가지고 훌륭한 작품을 만들어내는 예술가가 있다면 금상첨화겠지만, 우리 삶의 근원을 파고드는 집요함이 없는 직업예술인과 예술가는 다른 직업군이 아닐까요.
안정된 밥벌이와 윤택한 삶의 추구는 인간의 기본 욕구 중 하나입니다. 예술을 짝사랑하는 많은 생활 예술인들에게 생활인으로서는 한쪽 눈을 감아버린 선배 예술가들을 무작정 숭배하거나 따르라고 강요할 수도 없을 것입니다. 그러나 예술을 호구책의 하나로만 생각하고 배고픔을 감내할 용기가 없다면, 예술가가 아닌 '직업 예술인' 정도로 불려야 하지 않을까 싶습니다. 그렇다고 그들을 폄하할 생각은 없습니다. 위대함을 위해 자신의 안락을 포기하는 것, 기약 없는 내일을 기다리며 예술을 위해 희생하는 것은 사람에 따라서는 잔인한 일이 될 수 있기 때문입니다.

예술의 생산, 소비, 향유 방식도 시대에 따라 부단히 변화하고 있습니다. 대중의 취향 안으로 지혜롭게 파고드는 예술가들의 안목을 천박하다고만 할 수 없을 것입니다.

가난에 신음하며 지내던 베르디가 오페라 극본을 집안 어디엔가 집어던지며 거들떠보지 않으려 했는데, 그때 문득 "가거라 근심들아 금빛 날개를 타고"라는 구절이 눈에 띄었다고 합니다. 그 유명한 베르디의 오페라 〈나부코〉에 나오는 〈히브리 노예들의 합창〉 중 한 구절입니다. 이 곡은 이탈리아에서는 국가 다음으로 애창되며 베르디를 이탈리아의 국민 오페라 작곡가 반열에 올려놓았습니다.

이렇듯 베르디가 악상에 실어 날려 보낸 근심들이 예술이 되었습니다. 자신의 불행조차도 예술로 승화시킨 베르디, 슈베르트, 고흐 앞에서 예술가라고 스스로 칭하기 부끄러운 사람들이 많을 것입니다. 예술가연하는 사람들의 무수한 비리와 그들만의 옹졸한 리그가 대중들에게 염증을 유발하는 것을 볼 때면 예술이 사술詐術

이 된 느낌을 지울 수 없습니다.

이래서 예술가인가?

현대 팝 아트의 대명사격인 앤디 워홀은 명성을 위해서라면 어떤 행위도 감내할 정도로 기행奇行을 일삼았습니다. '팩토리Factory'라는 그의 작업실에서는 동일한 그림이 조수들에 의해 생산되어 그의 사인만 기다리고 있었습니다. 워홀은 나중에 그림 마지막에 화룡점정으로 들어가야 할 자필 사인까지 자기 어머니 사인으로 대신하기도 했습니다. 많이 배우지 못한 어머니가 사인하는 행위 자체가 현대예술에 대한 조롱이자 앤디 워홀 특유의 키치스러운 행위로 수많은 기행과 함께 화제가 된 적이 있습니다.

'변기' 설치미술로 잘 알려진 마르셀 뒤샹은 나체의 모델과 체스를 두었던 화가로도 유명합니다. 뒤샹은 삶 자체가 일종의 전위예술로, 상식에 맞선 측면이 있습니다. 그는 결혼에 얽매인 틀에 박힌 삶이 싫다며 미혼을 고집하다 뒤늦게 두 번의 결혼식을 치르기도 했지만, 결국은 독신의 자유를 구가하면서 살았습니다.

'무위자연' 같은 사상 때문인지 유명세를 타서 그림만 그리면 거금을 준다는 유혹도 받았습니다. 하지만 아랑곳하지 않고 멀쩡한 허우대의 단벌 신사로, 금전적으로 결코 넉넉하지 않게 살았습니다. 한마디로, 뒤샹은 돈과 가족, 제도에 무심하고 초연하게 산 예술가이자 자유인이었습니다. 묘비명도 그의 유언대로 "하기야

죽는 것은 언제나 타인들이다"라고 적게 함으로써 다다이스트적인 면모를 유감없이 드러냈습니다.

이렇게 우리 가까이 있는 20세기의 전위적인 괴짜들이 예술가로서 큰 이름을 얻고 있듯이, 클래식 음악의 대가들 중에도 만만치 않은 괴짜들이 많습니다.

영화나 문헌들에서 베토벤은 정리되지 않은 작업실에서 머리를 쥐어뜯는 '까칠한' 독신남 같은 이미지를 보여주고 있습니다. 워홀도 그렇고 많은 예술가들은 기존의 상식에 도전하며 커다란 형식적 변화를 주는 행위를 두려워하지 않았습니다. 장르를 불문하고 프런티어가 되고 시대의 흐름을 바꾼 예술가들은 당대 예술가들이 추구하는 방식, 대중들이 향유하는 형식과 내용에 대해 끊임없이 문제 제기를 했습니다. 그리고 그것을 뒤집어엎는 과감한 도전을 주저하지 않았습니다.

베토벤의 〈합창 교향곡〉도 초연 당시에는 대규모 합창단이 참여하는 파격적이고 과감한 시도에 거부감을 표한 사람들이 다수였습니다. 부단히 '뉴 노멀new normal'을 찾는 혁신가의 면모도 예술가의 또 다른 얼굴 아닐까요.

예술의 위안

모차르트 오페라 〈피가로의 결혼〉의 아리아 〈편지의 이중창〉이 영화 〈쇼생크 탈출〉에서 죄수들에게 들려주는 음악으로 감옥 안에

울려 퍼집니다. 음악을 들으며 레드(모건 프리먼)는 독백을 합니다.

∞ 난 지금도 그때 이탈리아 여인들이 무슨 내용의 노래를 했
는지 모른다. 사실 알고 싶지도 않았다. 때로는 말을 하지 않
는 쪽이 최선일 때도 있다. 노래는 말로 표현 못할 정도로 아
름다웠다. 그래서 가슴이 아팠다. 이런 비루한 곳에서는 생
각할 수 없을 정도로 높고 먼 곳에서 한 마리 새가 날아와 우
리가 갇힌 삭막한 새장의 담벼락을 무너뜨리는 것 같았다.
음악이 흐르는 그 짧은 순간, 쇼생크에 있었던 우리는 자유
를 느꼈다.

클래식의 힘은 이런 것이 아닐까요.

90세까지 살며 독신으로 생을 마감한 미켈란젤로의 삶은 예술
에 헌신한 삶이라고 해도 과언이 아닐 것입니다.

그는 〈시스티나 성당 천장화〉 〈피에타〉 같은 불후의 명작을 회
화와 조각에 걸쳐 많이 남겼습니다. "예술은 끊임없이 나를 들볶
는 아내이고, 작품은 곧 나의 자식들"이라고 한 미켈란젤로의 말
에는 순교자와도 같았던 진정한 예술가의 삶이 잘 녹아 있습니다.

이처럼 우리가 예술로부터 받은 위안은 예술가를 달달 볶아서
얻어낸 열매인 경우가 많습니다.

레드와인과 클래식

팝음악 중에도 절대 얕잡아봐서는 안 될 훌륭한 작품이 많습니다. 엄청난 팬을 보유한 것만 봐도 알 수 있습니다. 대중의 사랑을 받는 팝송은 대부분 짧고 구성이 단순해 금세 귓속으로 파고들어 뇌리에 각인되기 때문에 중독성이 있습니다.

팝이 샴페인이라면 클래식은 좋은 레드 와인에 비유할 수 있지 않을까요? 샴페인은 빠르게 혈관으로 흡수되어 즉각적인 효과를 내지만 그 효과는 짧은 시간에 그칩니다. 반면 좋은 레드와인은 몸속으로 서서히 흡수되고 효과도 훨씬 오래갑니다. 샴페인의 맛은 금방 잊혀지지만 좋은 와인의 맛은 다음날까지도 혀에 남아 있습니다. 와인 전문가들은 정말 좋은 와인은 몇 달이 지나도 그 맛을 기억할 수 있다고 합니다.

자클린의 눈물

마에스트로 다니엘 바렌보임과 자클린 뒤 프레의
사랑과 이별은 그리 아름답지 못했습니다.
작곡가 오펜바흐가 자클린의 눈물을 닦아주기 위해 만든 선율은
아름다움을 넘어 예술의 위안을 보여주고 있습니다.
일상은 헝클어지고 아무도 친구가 되어주지 못해
위로받고 싶을 때 들으면 어떨까 합니다.

슈베르트의 세레나데

이 책을 읽는 내내 최고의 배경음악이나
'백색소음'이 될 만한 곡으로 이 곡을 추천해도 좋을 듯합니다.
슈베르트의 〈세레나데〉는 언뜻 단순한 선율이지만
있는 듯 없는 듯 영혼을 파고드는 힘이 있는 곡입니다.
많은 영화와 드라마에 배경음악으로 쓰여서
귀에 익숙할 것입니다.

2. 클래식의 가치

　클래식 음악이라는 거대한 성으로 들어가기 전에 부딪히는 '클래식'이라는 단어에 대해 잠시 생각해봅니다. "클래식한 느낌이랄까" 같은 말에 나타나듯이, 클래식은 음악의 장르를 가르는 데에서 나아가 다양하게 변용되고 활용되는 단어입니다.

　심지어 클래식은 '월드베이스볼 클래식'과 같이 스포츠 경기에도 가끔 등장합니다. '클라세klasse' 이것은 독일어권 사람들이 쓰는 말로 '멋지네' '근사하구만' 정도의 뜻입니다. 원래 클래식Classic이란 단어는 완전하고 조화롭고 완벽한 형식을 갖추었다는 뜻으로, 음악사에서는 대략 1730~1830년 사이를 클래식 시대라고 부르고 있습니다.

　클래식 음악은 리듬, 선율, 형식, 화성이 완벽한 조화를 이루는 음악이라고 하겠습니다. 요즘에는 음악의 한 형식에서 나아가 그 분야의 대표가 될 정도로 완벽하고 조화로운 작품을 폭넓게 지칭하는 말로 사용되곤 합니다. 이 클래식의 바다에 숨어 있는 것들을 찾아보고 알아가는 과정에서 느끼고 배우는 것은 클래식 음악이라는 바다만큼 넓고 깊습니다.

위대함은 때로 발견되고 해석되는 것

명작은 때로 발견되고 해석되는 것 아닐까요. 김춘수 시인이 말했듯이 이름을 불러주어야 꽃이 되는 것처럼, 작곡가의 악보에서 나와 연주되어야 숨을 쉬는 음악이 됩니다.

우리 귀에 익숙한 바흐의 〈무반주 첼로 모음곡〉은 첼리스트 파블로 카잘스가 1889년에 우연히 발견해 오랜 연습 끝에 최초로 공개 연주해 그 진가를 세상에 알렸습니다. 그야말로 발견과 해석으로 명곡이 된 것이지요. 이후 모음곡 1번 중 〈프렐류드〉는 지금까지 세계적으로 수십만 회 이상 상업광고 음악으로 제작되었습니다. 대중성 측면에서는 단연 으뜸인 클래식 음악이라 하겠습니다.

바흐의 〈마태수난곡〉 역시 한참 후에 멘델스존이 악보를 발견하고 직접 지휘함으로써 비로소 세상의 빛을 보았습니다. 바흐는 이 〈마태수난곡〉을 계기로 본격적으로 대중에게 알려져 '음악의 아버지'라는 칭송을 받았습니다.

음악은 마냥 새롭게 창조되는 것만은 아닙니다. 때로는 재발견되고 재해석되는 경우가 많습니다. 바로크 시대 작곡가들이 혼신의 노력을 다해 작곡한 손때 묻은 악보가 지금도 어느 고서적상에서 잠자고 있을지도 모릅니다.

파블로 카잘스는 열세 살에 아버지 손에 이끌려 간 스페인의 고서적상에서 바흐의 첼로 악보를 발견하고 구입해 매일 연구와 연습을 거듭해 12년 후에야 청중 앞에 서서 전 세계에 이 곡을 알렸습니다. 그 후로도 30년간 연습한 끝에 60세에 녹음을 시작해 3년 간에 걸친 작업을 마치고 나서야 지금 우리가 듣는 바흐 〈무반주 첼로 모음곡〉이 탄생한 것입니다.

절실함과 집요할 정도의 노력이 카잘스와 독주 악기로서의 첼 로의 가치를 세계에 알렸습니다. 바흐의 손끝을 떠난 악보가 이렇 게 많은 세월이 흐른 뒤에야 음악 팬들에게 선을 보인 것입니다. 그리고 우리는 세월의 파도를 견뎌낸 낡은 악보에 담긴 사연을 첼 로 선율로 전해 듣고 위안을 얻고 있습니다.

이처럼 음악에 숨결을 불어넣는 위대한 연주자가 있어야 하듯, 혼자 저절로 빛나는 명작은 없습니다. 음악만이 아니라 그림 또한 그것을 알아보는 안목이 있어야 비로소 명작으로 빛날 수 있지 않 을까요.

천재는 없다

모차르트가 십 대에 작곡한 작품을 듣거나 〈치고이네르바이젠〉을 연주하는 사라사테나 장영주의 현란한 손동작을 보면, 클래식 전 문가가 아니더라도 분명히 천재의 숨결을 느낄 것입니다.

미켈란젤로의 〈시스티나 성당 천장화〉, 레오나르도 다빈치의 그 방대한 영역의 성취를 볼 때, 파바로티의 고음 '하이 C' 음성을 들을 때 우리는 천재나 타고난 재능에 대해 생각합니다.

19세기 스페인의 위대한 바이올리니스트 사라사테는 "내가 천재라고요? 나는 37년간 하루도 빠짐없이 매일 14시간씩 연습했습니다"라고 일축한 바 있습니다.

95세의 카잘스에게 어떤 기자가 "위대한 첼리스트이신 선생님께서는 지금도 매일 6시간 정도 거르지 않고 연습하는 이유가 뭡니까?"라고 묻자 카잘스는 이렇게 진지하게 답했습니다

"왜냐하면 지금도 내 연주 실력이 조금씩 나아지고 있다고 느끼기 때문입니다."

피아노의 거장 아르투르 루빈스타인도 여행을 가거나 자동차로 이동 중에도 소리가 나지 않는 작은 피아노를 들고 다니면서 연습을 그치지 않았다고 합니다.

한 번은 제자가 이렇게 물었습니다.

"피아노의 대가인 선생님이 대체 뭐하시는 거죠?"

이에 루빈스타인은 클래식 음악계에 그 유명한 명언을 남깁니다.

> ∽ 하루를 연습하지 않으면 내가 알고,
>
> 이틀을 연습하지 않으면 동료가 알고,
>
> 사흘을 연습하지 않으면 관객이 안다.

그 분야의 대가, 즉 마에스트로가 되어도 우아하게 연주 솜씨를 뽐내기 위해서는 백조처럼 호수 밑에서 쉼 없이 발길질을 해야만 한다는 사실을 말해주는 일화입니다.

'악마의 기교' '초절 기교'를 부린 역사상 가장 뛰어난 기교파로

알려진 바이올리니스트 파가니니 또한 하늘에서 뚝 떨어진 재능만으로 그 현란한 기교를 뽐낸 연주자는 아닙니다. 온갖 기행으로 괴짜의 면모를 보였지만, 매일 7시간의 연습시간만큼은 습관처럼 꼭 지켰다고 합니다.

오늘 우리는 자신의 분야에서 더 나아지기 위해 어떤 노력을 하고 있나요. 바이올린이나 피아노를 배운 사람은 알겠지만, 그 복잡한 악보를 머리로 다 외울 수는 없습니다. 악보를 보면서 반사 신경만으로 연주하는 것도 한계가 있습니다. 하지만 수없이 많은 반복 연습으로 선율과 리듬이 머릿속에 입력되면 손이 저절로 움직이는 경지에 이릅니다. 오직 연습만이 이런 경지를 만들어냅니다. 연주자들의 현란한 기교에 감탄하기에 앞서 그들의 피나는 연습 과정을 떠올려보면 어떨까요.

기타의 성인이라고 불리는 세고비아는 프로페셔널의 엄격함과 음악에 대한 무한 사랑을 담아 이런 말을 했습니다.

> ∞ 기타는 내게 연인이며 아내이며 자식이며 인생이었다. 음악은 큰 바다이고 악기는 그 위에 떠 있는 작은 섬과 같은 것이다. 내가 언제나 학생들에게 강조하는 것은 음악을 깊이 공부하라는 것이다. 그렇지 않으면 진정한 예술가가 아니다. 좋은 기타리스트가 되려면 천부의 재능이 있거나 아니면 미칠 필요가 있다. 나는 재능이 있었다기보다는 순전히 기타에 미쳤던 듯싶다.
>
> — 김종구, 《오후의 기타》

악기에 따라 습득 시간이나 배움의 난이도가 제각각인 것은 사실입니다. 아무리 쉬워 보이는 악기도 혼을 담아 연주하기 위해서는 엄청난 정성과 노력이 따라야 할 것입니다. 지금도 동네 문화회관, 구민회관에는 바이올리니스트 장영주나 피아니스트 김선욱의 재능을 타고나지 못한 연주자들이 오랜 시간 땀과 노력으로 완성한 곡들을 연주하려고 무대에 서 있을지 모릅니다. 이들 아마추어 연주자들의 순수한 열정에도 격려의 박수를 넉넉히 보내주는 마음의 여유도 가지면 어떨까요. 대가의 숨결을 느끼지는 못해도 완성을 향한 치열한 여정을 격려하는 것 또한 미덕이 아닐까요.

세고비아가 "기타는 치기 쉬운 악기면서도 잘 치기 가장 어려운 악기"라는 절묘한 말을 하기까지 그가 기타에 쏟아부은 열정과 시간을 짐작해봅니다.

열정과 노력이 빚어낸 명작

명작 한 편만을 기다리며 자신의 에너지를 비축하기보다 뭔가를 계속해서 해내는 것도 중요합니다. 대작가들도 생각이 떠오르길 마냥 기다리기보다는 일단 펜을 들고 책상 앞에 앉으면 뭔가가 나온다고 말합니다.

고흐는 짧은 생애에도 800여 점이 넘는 유화를 남겼습니다. 후대에는 고흐의 그림이 수백억 원의 고가에 팔리곤 하지만 정작 고흐 생존시에 팔린 그림은 〈아를의 붉은 포도밭〉 단 한 점뿐이었습니다. 그래서인지 고흐는 동생 테오에게 편지로 궁핍을 호소하며 가난한 화가로 살았습니다.

모차르트는 천재적인 기량을 600여 개나 되는 작품 속에 펼쳐 냈지만, 신이 질투했는지 안타깝게도 35세에 생을 마칩니다. 31세에 요절한 슈베르트 역시 그 짧은 삶에서 가곡을 600여 곡이나 남겼다는 사실이 믿기지 않습니다.

90여 년이라는 긴 시간 동안 1만여 점의 다작을 남긴 피카소의 작품량에는 비길 수 없지만, 역사상 수많은 예술가들은 자신을 쉼 없이 담금질하며 작품을 빚어냈습니다. 예술을 향한 열정과 사랑이 있었기에 그렇게 할 수 있었습니다. 그들의 직업 정신에 고개가 숙여집니다.

천재의 다른 이름, '연습 중독자'

발명왕 에디슨은 초등학교 중퇴 학력으로 놀라운 업적을 이뤘습니다. 학교에서는 에디슨에게 저능아라는 판정을 내리고 그의 모친에게 편지를 썼지만, 에디슨은 가정에서 어머니의 보살핌 속에서 탐구욕을 꽃피웠습니다. 엄청난 호기심과 실행을 위한 노력이 없었다면 발명왕 에디슨은 없었을 것입니다. 우리는 에디슨을 천재라기보다 자신의 의지를 관철하기 위해 노력한 사람으로 기억하고 있습니다.

음악사에서도 천재라고 불리는 작곡가, 연주가가 있지만 이들은 한결같이 말합니다. "천재는 1퍼센트의 영감과 99퍼센트의 노력"으로 이뤄진다고.

고흐도 밀레의 그림을 모작해 꾸준히 연습한 결과 자신만의 독특한 화풍을 만들어냈습니다. 피카소의 그림은 어떤가요? 조금 이상해 보일 수 있는 그림 속 형상들은 어려서 배운 탄탄한 소묘 솜씨를 바탕으로 응용에 응용을 거듭해 이룬 '입체파'라는 독자적인 영역에서 탄생한 것 아닐까요. 갑자기 천재의 영감으로 붓이 쓱쓱 움직이지는 않았던 것이지요.

소통과 협력의 예술, 오케스트라

클래식 음악 하면 가장 먼저 떠오르는 사람이 베토벤과 카리스마 넘치는 오케스트라 지휘자 카라얀입니다. 클래식 음악의 상징이라 할 수 있는 오케스트라는 오늘날 하나의 형식으로 정착되기까지 많은 변화가 있었고 지금도 작은 변화가 이어지고 있지만, 다양한 악기와 연주자가 모여 지휘봉의 움직임을 주시하면서 멋진 화음을 만들어내는 모습은 한결같습니다.

협주곡의 경우, 멋진 무대를 만들려면 오케스트라와 독주 연주자의 기량도 뛰어나야겠지만 무엇보다 단원들에게서 최선의 연주 실력을 뽑아낼 수 있는 음악감독, 즉 지휘자의 역량과 소통 능력이 중요합니다.

소통이 말로만 이뤄지는 것은 아니지만 그래도 의사소통의 기본은 언어입니다. 이를 증명하듯, 동양 여인으로 유럽 무대를 누비고 있는 지휘자 김은선은 단원들과의 소통을 위해 5개 국어를 독학으로 익혔다고 합니다. 이처럼 여러 가지 악기가 모여 조화를 이루면서 화합하는 오케스트라 화음과 같은 소통의 정신이 클래식 정신 아닌가 합니다.

오케스트라를 꾸려서 운영해본 적이 있습니다. 사람을 움직이는 일에는 많은 노력과 시간, 금전적 투자가 필요하다는 것을 알게 되었습니다. 물론 단원들을 조화롭게 이끄는 리더십이 필수입니다.

미국의 헤드헌터업체 CEO 출신의 밥 보딘은 'Who'를 발견하라고 합니다. 혼자 힘으로 모든 것을 해결할 수 없는 세상에서 진정으로 도움을 줄 수 있는 사람은 의외로 주위에 널려 있다며, 아쉬운 소리를 하는 것도 인생의 지혜라고 말합니다. 겉으로 친한 것처럼 보이는 관계의 숲에서 살아가기보다 남들의 도움을 통해 성취해나가는 힘을 얻을 수 있는 지혜도 필요합니다.

자존심과 체면을 조금 내려놓고 떨어지지 않는 입을 떼볼 용기가 있다면 의외로 일이 쉽게 풀릴 수도 있습니다. 세상은 혼자서 모든 짐을 지고 가기보다 다른 이들과 함께 만들어가는 것이기 때문입니다. 오케스트라의 아름다운 화음도 여럿이 함께 만들어야 가능하니까요.

때로는 '안단테'로

무라카미 하루키는 소설 쓰기란 "머리 좋은 사람보다는 꾸준히 하는 사람이 하는 일"이라고 했습니다. 머리 좋은 사람은 후지산을 끝까지 올라가기도 전에 중턱쯤에서 정상의 경치만 훑어보고, 그렇지 않은 사람은 정상까지 올라가서 고지식할 정도로 우직하게 산을 경험한다고 했습니다.

　다양한 형식의 클래식 소품도 많지만, 클래식은 기본적으로 완성도에 수공이 많이 들고 연주에도 시간이 많이 걸리는 음악입니다. 교향곡을 4악장까지 감상하는 데 최대 1시간 넘게 걸리기도 합니다. 그런가 하면 며칠에 걸쳐 감상해야 하는 〈니벨룽겐의 반지〉 같은 오페라도 있습니다.

　바쁜 현대사회에서 빠른 템포나 짧은 음악으로 인스턴트 식품 같은 즐거움은 얻을 수 있겠지만, 영혼의 심연을 건드리는 묵직한 감동은 클래식 음악만이 주는 특별함 아닐까요.

연주는 계속되어야 한다

손가락 장애를 가진 피아니스트 이희아가 많은 이에게 감동을 준 적이 있습니다. 어떤 장애도 피아노를 연주하려는 마음을 막지 못했습니다. 세계적인 바이올리니스트 이츠하크 펄먼도 소아마비 장애인입니다. 그가 협주곡을 연주하는 중에 바이올린 줄 하나가 갑자기 끊어졌습니다. 이런 일이 일어나면 대부분의 협연자들은 잠시 멈춰 바이올린 줄을 갈아 끼우지만, 그날 펄먼은 지휘자에게 계속 연주하라는 사인을 보낸 뒤 나머지 3개의 줄만으로 연주를 마무리했습니다.

공연을 끝낸 후 그는 "때로는 부족하지만 주어진 여건 속에서 최선을 다해야 한다는 것을 알리고 싶었다"고 했습니다. 결핍은 분명히 불편함을 수반하지만 불가능을 의미하지는 않으니까요. 펄먼이 줄 3개만으로 연주를 마쳤듯이, 그에게 육체적인 장애는 잠시의 불편함 정도였을 겁니다. 진정한 장애는 편견이나 선입견 같은 마음의 장애 아닐까요.

이츠하크 펄먼이 장애에 맞서 당당히 연주자의 길을 가는 모습은 영화 〈이츠하크의 행복한 바이올린〉에 잘 나타나 있습니다. 다리가 불편한 아들의 장래에 모든 것을 맞춰 양육한 부모님 덕에 펄먼은 구김살 없이 자라서 세계적인 연주가로 우뚝 섰습니다.

휠체어에 의지해 불치병과 수십 년간 싸움을 지속하면서도 위대한 업적을 남기고 타계한 천재 과학자 스티븐 호킹은 자신의 병에 대해 이렇게 적었습니다.

⌣ 나는 행운아다. 내 병은 다른 환자보다 느리게 진행되었기 때문이다. 이는 누구도 희망을 잃어서는 안 된다는 것을 말해준다.

광대한 우주를 생각하면 '나'라는 존재가 먼지에 지나지 않음을 문득 깨닫게 됩니다. 하지만 아무리 작고 미천한 존재일지라도 인간은 우주 전체를 상상하고 해석하려고 노력합니다.

좌절과 절망의 그림자가 덮칠 때 우주 속의 자신을 돌아보면 어떨까요. 어쩌면 행운아일지도 모르는 자신의 존재를 발견할 수도 있을 것입니다. 스티븐 호킹처럼.

두 노장의 만남에서 읽는 클래식 정신

피터 드러커는 95세까지 왕성한 집필 활동을 펼친 경영학의 대가입니다. 그에게 가장 큰 영향을 미친 사람은 경영학의 스승이 아닌 작곡가 주세페 베르디입니다.

그는 열여덟 살에 베르디의 오페라 〈팔스타프〉를 보고 깊은 영향을 받았다고 합니다. 평균수명이 쉰 살 정도였던 시대에 팔순 노장이 작곡한, 시대를 뛰어넘는 인간에 대한 통찰이 담긴 오페라를 본 드러커는 그 완벽한 예술성에 충격을 받고, 완벽을 추구하는 정신을 배웠다고 합니다. 뿐만 아니라 베르디가 남긴 이런 말이 피터 드러커를 자극했다고 합니다.

∽   평생을 음악가로 살아온 나는 항상 완벽하기 위해 몸부림
    쳤다. 그리고 그것은 항상 나를 매료시켰다. 그러니 내게는
    다시 한 번 시도할 의무가 있다고 생각했다.

이 글을 읽고 감동한 드러커는 다음과 같은 말을 남겼습니다.

    ∽   베르디는 열여덟에 이미 탁월한 음악가였지만 나는 그 나이에 앞으로 무엇을 할지조차 몰랐다. 당시 나는 성숙하지 못했고 모든 면에서 무모했던 평범한 청년이었다. 삼십 대가 되어서야 비로소 내가 잘하는 분야를 찾을 수 있었다. 그때부터 나는 무엇을 하든지 베르디의 말을 삶의 지침으로 삼기로 했다. 나이가 들어도 절대 포기하지 않고 계속 전진하기로 했다.

이렇게 피터 드러커는 항상 완벽을 추구하기 위해 몸부림칠 것을 결심했다고 합니다. 결국 우리가 아는 대로 드러커는 경영학의 대가로 우뚝 섰습니다. 그리고 93세에 걸작 《넥스트 제너레이션》을 완성했습니다.

'침묵', 또 다른 음악

음악은 침묵과 소음 사이의 어떤 것이라고 할 수 있습니다. 때로 음악이 침묵보다 가치가 없을 때 소음으로 전락하는 것이지요.

    ∽   눈송이들은 쉼 없이 무수하게
           소리 없이 지는 꽃들처럼 너무도 고요하게

차례로 내려앉았다.

땅과 생명의 망각, 최고의 평화는

움직이지 않는 그 무리에서 오건만

허공을 가르는 소리는 들리지 않았다.

— 에밀 졸라

∽ 모든 위대한 작품은 침묵에서 태어나 침묵으로 돌아간다.

론 강이 레망을 지나는 것처럼.

침묵의 강이 콩브레 지방과 게르망트 가족의

거실을 지나면서도 섞이지 않는 것처럼.

— 프랑수아 모리아크

의사이자 문필가 막스 피카르트는 이미지는 말하는 침묵이라고 했습니다. 이미지는 말보다 앞서는 존재를 인간에게 상기시킵니다. 그래서 이미지가 그토록 감동을 불러일으킵니다.

독일의 극작가 고트홀트 에프라임 레싱은 그림은 "말 없는 시"라고도 했습니다.

∽ 침묵보다 나은 할 말이 있을 때에만 입을 열어야 한다.

입을 다무는 방법을 배우기 전에는

제대로 말할 줄도 모른다.

현자의 침묵은 의미심장하다.

— 조제프 앙투안 투생 디누아르

음악은 공기의 진동으로 침묵을 메우는 예술입니다. 클래식 음악에서 소나타나 교향곡의 악장과 악장 사이에는 짧은 침묵이 존재합니다. CD에도 곡과 곡 사이에 몇 초의 '포즈'가 침묵으로 존재합니다. 그 순간의 설렘과 기다림도 음악의 한 부분이 아닐까요. 수많은 셈여림 기호와 악상 기호들이 음악의 지도가 되지만, 침묵을 적절히 활용하면 감동은 배가될 수 있습니다.

6초간의 침묵

LP판 전성기에 레코드 업자들은 곡과 곡 사이, 악장과 악장 사이에 6초간의 공백을 만들어두었습니다. 감상의 여운을 위해 침묵의 공간을 마련한 것이지요. 심리학적으로 6초가 넘으면 사람들은 불안해한다는 분석에 따른 것이라고 합니다. 이것이 합리적인 근거가 있다면 인간의 심금을 울리는 위대한 음악의 감동도 6초가 한계라는 말이고, 그렇다면 감동하고 음미하는 6초 동안의 침묵이야말로 클래식 감상의 묘미가 아닐까요.

우리가 콘서트에서 혹은 영화나 드라마에서 배경음악으로 들었던 어떤 음악은 6초가 아니라 길게는 수십 년이 지나도록 긴 여운을 남기기도 합니다.

존 케이지의 "침묵의 소리"

현대인들은 크고 작은 무수한 소리에 포위돼 있습니다. 귀로 들을 수 있거나 없는 소리에 둘러싸여 사는 것이지요. 그러기에 일상에서 완전한 침묵은 거의 불가능에 가까울 수 있습니다.

존 케이지의 〈4분 33초〉라는 곡은 3악장으로 이루어져 있는데, 연주자들은 침착하게 무대에 올라서 정확히 4분 33초 동안 아무 연주도 하지 않습니다.

존 케이지는 이렇게 곡을 설명합니다.

> ∽ 사실 완벽한 침묵은 존재하지 않습니다.
> 1악장에서는 밖에서 바람소리가 들렸습니다.
> 2악장에서는 지붕에 떨어지는 빗소리가 들렸고
> 3악장에서는 관객들이 대화를 하거나 밖으로 나가며
> 여러 가지 흥미로운 소리를 냈지요.

무대에서 어떤 연주 소리도 들리지 않자 이내 관객들은 웅성대고 불평을 터뜨립니다. 여기저기서 다양한 소음이 들립니다. 객석의 온갖 소음까지 음악의 일부로 본 이 전위예술가의 발상이 이채롭습니다.

아무것도 하지 않으면 안 되고 어떤 정보라도 채워 넣어야 하는 강박 속에 지내는 현대인들은 순간 순간의 분침 초침 소리까지 아까울 때도 있을 것입니다.

하지만 어떤 때는 영원히 이대로 머무를 것 같은 시간 속에서 마냥 시간을 붙잡고 싶은 기억도 있을 것입니다. 그때 클래식이 당신의 친구가 되지 않을까요.

리스트, 사랑의 꿈

사랑을 시작한 연인들,
황홀한 사랑에 행복한 나날을 보내는 사람들…….
그 충만한 행복감을 나누기에 더없이 좋은 곡입니다.
리스트의 '낭만성'이 듬뿍 묻어나는 곡을
싫어하기도 쉽지 않을 것입니다.

바흐, 무반주 첼로 모음곡

미샤 마이스키의 젊은 시절 연주로
바흐의 〈무반주 첼로 모음곡〉 중 〈1번 프렐류드〉를 들어보겠습니다.
첼로의 성자로 불리는 파블로 카잘스가
어린 시절부터 간직했던 오랜 꿈이 없었다면
이 곡도 우리 곁에 없을지도 모릅니다.

시대 상황과 예술의 자리

영화 〈타인의 삶〉은 냉전시대 동서독이 대치하던 시절에 국가권력의 감시 속에서 힘들게 살아가는 예술가들의 이야기를 다루고 있습니다. 어떤 이는 권력에 타협하기도 하고 어떤 이는 저항하기도 합니다.

세계대전과 냉전시대를 거치는 동안 클래식 대가들의 삶도 선택을 강요당했습니다. 1, 2차 세계대전의 참화가 삶을 관통한 러시아 태생의 이고르 스트라빈스키는 2차 대전 후에 미국으로 망명하고 귀화해 음악 세계를 펼쳐나갔습니다. 미국과 소련의 이념 대결 속에서 쇼스타코비치, 스트라빈스키 그리고 카잘스에 비견되는 첼리스트 로스트로포비치와 같은 음악가들의 삶은 정치적 상황과 무관할 수 없는 환경에 놓이기도 했습니다.

한국이 낳은 세계적인 작곡가 윤이상은 분단 조국의 현실 앞에서 정치적 선택으로 인해 고국에서 수감 생활을 해야 했고, 이후 독일로 귀화해 음악 활동을 이어가며 전 세계에 이름을 떨쳤습니다. 하지만 말년에도 고국으로의 귀환이 막혀 숨을 거둘 때까지 그는 조국 땅을 밟지 못했습니다.

그런가 하면 독일의 자존심인 베를린 필을 이끌었던 푸르트뱅글러는 무대에 서기 위해 나치에 협력하는 것을 거부하지 않았고, 심지어 어떤 면에서는 나치의 배려를 구걸하는 듯한 행보를 보이기도 했습니다. 카라얀 역시 나치의 광풍을 비켜갈 수 없는 처지여서 후세에 나치 협력의 방식과 강도를 두고 예술가의 정치 참여 문제로 도마에 오르는 상징적인 인물이 되기도 했습니다.

유대인으로 피아니스트이자 지휘자인 다니엘 바렌보임 또한 클래식 음악계 유대인 마피아의 정점에 있다는 비판을 받기도 합니다. 그러나 평화의 도구로서의 예술을 상징하듯, 포연이 채 잦아들지 않은 중동에서 기독교와 이슬람 세계의 화합을 위한 연주를 강행해 찬사를 받기도 했습니다.

전쟁의 상흔이 아물지 않은 한반도 비무장지대 어딘가에서 평화를 위한 클래식 음악이 계속 연주될 수 있다면, 클래식 선율은 평화의 전령이 되지 않을까요.

언젠가는 끝나게 될 권력은 도저한 정신으로 영원히 흐르는 예술의 힘을 결코 이길 수는 없을 것입니다. 시간이 지나면 명암이 밝혀지는 얄팍한 정치적 행동과 구호를 예술로 포장하려는 시도들도 언젠가는 역사의 물줄기에 씻겨지게 마련입니다.

즐겨 듣는 클래식 음악 방송이 공영방송의 파업으로 온종일 재방송되었던 기억이 있습니다. 그러나 그것이 재방송인지 아닌지는 클래식 음악 팬들에게는 그다지 중요한 문제가 아니었습니다. 어떤 커다란 대의명분이 있기에 파업에 이르렀을까 생각하다가도 담담히 흐르는 클래식 선율은 어떤 구호나 주장으로도 퇴색될 수 없다는 역설을 다시 한 번 느끼기도 했습니다.

클래식의 힘, 예술의 힘은 이런 것이 아닐까 합니다. 시대 변화나 유행, 이데올로기 같은 것에 휘둘리지 않고 언제나 그 자리에서 묵직한 울림을 주는 매력이 아닐까요.

야만의 음악

정치가 만들어놓은 공간에 흐르는 선율은 같은 음악이라도 때로는 아름답게 들릴 수 있지만, 상황에 따라서는 참혹한 비명으로 들릴 수도 있습니다.

20세기 인류의 아픔으로 남은 아우슈비츠 수용소에는 수감자 중에서 단원을 선발해 꾸린 '수인 오케스트라'가 있었다고 합니다. 2003년 일본 NHK가 제작한 다큐멘터리 〈죽음의 나라 선율〉에는 생존자인 조피아 치고비악이라는 여성의 진술이 나옵니다.

오케스트라 바이올린 주자인 이 여성은 나치의 지시로 움직이는 것에 환멸을 느꼈지만 강제 노역보다는 연주의 길을 택했습니다. 나치의 입맛에 맞는 곡이나 수감자들의 사기를 북돋아주는 행진곡 같은 하기 싫은 연주를 억지로 하면서 버텨 결국 살아남았습니다.

이후 음악은 그녀에게 그 당시의 상처를 환기시켰고, 너무 고통스러워 거의 들을 수 없는 상태가 되었습니다. 나치 치하에서 해방되고 10년이 지나자 치고비악은 큰 결심을 하고 콘서트에 갔습니다. 그런데 나치에 협력했던 아유슈비츠의 독일인들이 즐겨 듣던 오페라 〈나비부인〉의 아리아가 나오자 그만 졸도해버립니다.

이처럼 음악은 대개 영혼을 위로하기도 하지만 어떤 이에게는 잔인한 악몽으로 남아 아주 특수한 상황의 기억과 맞물려 돌이킬 수 없는 상처를 남기기도 합니다.

스트라디바리우스의 완벽을 향한 정신

현악기 장인 안토니오 스트라디바리우스는 자신의 분신과도 같은 바이올린을 1737년 90세로 사망할 때까지 1116개 제작했습니다. 그가 제작한 바이올린은 700여 개가 현존하는데 명기의 대명사로 불립니다.

스트라디바리우스가 실제 제작한 것은 이보다 훨씬 많았지만 마음에 조금이라도 안 드는 것은 모조리 깨부수었다고 합니다. 만일 적당한 선에서 악기를 양산해 성에 차지 않아도 판매했다면 그 명성과 브랜드는 유지되지 못했을 것입니다.

극한의 명품 스트라디바리우스를 생각하면서 스스로 얼마나 본질에 충실한 삶을 살고 있는지 돌아보게 됩니다. 자신의 손을 거쳐 간 것들에 대해 스스로 엄지를 올릴 수 있는지 살펴볼 일입니다.

17세기 이탈리아 크레모나 지방의 가문비나무로 만들어진 이 스트라디바리우스는 수십억 원에 거래됩니다. 악기상가에 있는 수십만 원에서 수백만 원 하는 악기와 스트라디바리우스는 모양새는 흡사한데 이런 가치의 차이는 어디에서 오는 걸까요. 웬만한 아마추어 연주자들은 스트라디바리우스와 저가 악기 소리의 차이를 잘 알지 못할 수 있습니다.

"Stay foolish stay hungry(늘 갈망하고 우직하게 전진하라)!" 스티브 잡스가 늘 갈구했던 정신 자세입니다. 그가 완벽에 대해 굶주림을 느끼는 편집증적인 집착으로 아이폰을 만들었다면, 이런 정신은 스트라디바리우스를 만든 장인 정신과도 통하지 않을까요.

군더더기를 폐기하는 과감함과 극한의 본질만 남기려는 부단한 노력이 있어야만 얻어지는 것이 명품이라는 사실을 스트라디바리우스가 들려주고 있습니다.

우리는 저마다의 영역에서 자신의 '가문비나무'를 어떤 모양으로 다듬고 있는지, 스트라디바리우스를 생각하며 자문해봅니다. 내가 진정으로 경쟁력을 가진 분야는 무엇일까. 인류사에 기여할 만큼 거창하지는 않더라도 아류작에만 그치는 삶이 되어서는 안 되겠다는 생각을 가끔 합니다.

소위 '클래식'으로 인정받는 것들은 그런 부단한 자기부정의 정신이 바탕이 되지 않았을까요.

준비된 자에게 오는 기회

1885년 파르마 음악원 졸업과 함께 오페라단의 첼리스트로 활약하던 한 사나이는 오페라단의 브라질 순회공연 중 지휘자의 궐석과 단원들 간의 불협화음 속에 등 떠밀려서 지휘대에 오르게 됩니다. 이 약관의 첼리스트는 탁월한 암보 능력과 카리스마로 오페라 〈아이다〉의 오케스트라 연주를 완벽하게 마칩니다.

20세기 위대한 지휘자로 칭송되는 토스카니니의 데뷔 무대는 이렇게 대타로 출발했습니다. 웬만한 오페라 악보는 암보하고 있었고 오페라 가수들에게도 이미 실력을 인정받았던 19세의 첼리스트 토스카니니의 데뷔는 이렇듯 갑작스러웠습니다. 불현듯 찾아온 무대를 대타 홈런으로 장식하면서 토스카니니 신화는 시작되었습니다.

20세기 마에스트로 계보에서 빼놓을 수 없는 카라얀은 세계 각지를 순회공연할 때 종종 현지에서 뛰어난 유망주를 발굴해 무대에 세우곤 했습니다. 카라얀이라는 보증수표가 붙은 음악가들은 승승장구하는 경우가 많았습니다. 스페인의 테너 호세 카레라스, 오스트리아의 첼리스트이자 지휘자인 니콜라우스 아르농쿠르가 있습니다. 우리가 사랑하는 소프라노 조수미도 카라얀의 칭찬이 화려한 경력의 기폭제가 되었습니다. 하지만 아무리 대가의 추천이 있다고 하더라도 실력이 뒷받침되지 않았다면 이들이 오늘의 명성과 대중의 갈채를 누릴 수는 없을 것입니다.

사이먼 래틀의 소통 방식

화강암처럼 견고해 보이는 오케스트라의 구성과 화음도 사실은 무수한 변화를 통해 지금의 모습이 되었습니다.

독일의 자존심, 베를린 필이 영국 출신의 곱슬머리 지휘자 사이먼 래틀을 데려왔을 때 세계 클래식 팬들은 그의 파격적인 행보에 놀랐습니다. 하지만 곧 베를린 필의 선택이 옳았음을 알게 되었습니다.

내한공연 때 래틀은 포디움 위에서 마이크를 들고 곡에 대해 설명하는 파격을 보였고, 2018년 베를린 필을 퇴임하는 고별 공연에서도 색다른 모습을 보였습니다. 베를린 시민들을 위한 마지막 공연에서 그는 연주 도중 지휘대에서 내려오더니 연주는 연주자들에게 맡겨놓고 맥주잔을 들고 관객들과 흥겹게 대화를 했습니다. 이처럼 관객과 소통하고자 하는 래틀의 모습은 무척 신선해 보였습니다.

'일신우일신'이라는 말처럼 개인이든 조직이든 새롭게 변화하는 것을 두려워하면 발전이 없을 것입니다. 현재 우리가 접하는 클래식 악기들도 느리지만 조금씩 변형되어 최적의 소리를 내도록 개량되어왔으며, 클래식 음악도 시대에 맞게 관객에게 다가가려고 조금씩 진화해왔습니다. 그런 노력이 없었다면 클래식도 대중들이 사랑하는 음악이 아닌 박제된 유물의 하나로 남았을 것입니다.

변화에는 때로 조롱과 비난이 따를 수 있지만, 시대 변화를 외면하고 한 자리에 머문다면 사람이든 조직이든 화석화된 유물이 되어 생기를 잃을 것입니다. "오케스트라는 박물관이 아니다. 늘 새로운 것을 받아들여야 한다"는 사이먼 래틀의 말처럼 말입니다.

예술과 함께한 죽음

베르디와 함께 오페라의 거장으로 널리 알려진 푸치니가 1924년 65세의 일기로 사망하면서 마무리를 하지 못한 미완성 오페라가

바로 오늘날 전 세계에서 가장 많이 공연되는 오페라의 하나인 〈투란도트〉입니다. 푸치니는 이미 후두암으로 악화된 자신의 몸 상태를 알고 이런 말을 남겼습니다.

> ∞ 내 오페라는 완성되지 않은 채 공연되겠지. 그리고 누군가가 무대 위에 올라가서 청중에게 이렇게 말하겠지.
> "여기서 작곡가는 죽었습니다".

실제로 〈투란도트〉는 거장 토스카니니의 지휘로 1926년 4월 25일 밀라노의 스칼라 극장에서 초연되었습니다. 오페라 3막 1장에서 노예 류가 사랑하는 왕자 칼라후를 위해 단도로 가슴을 찌르고 죽는 장면이 끝나자 토스카니니는 지휘봉을 놓고 청중에게 조용히 말했습니다,

> ∞ 선생님은 여기서 작곡을 중단했습니다. 푸치니 선생의 죽음은 예술보다 위대했습니다.

죽음을 예견하면서도 자신보다 더 오래 살아남을 자신의 작품을 위해 끝까지 생각의 끈을 놓지 않았던 푸치니는 예술이 인생보다 길다는 것을 몸으로 웅변하는 것 같습니다.

〈투란도트〉에 나오는 유명한 아리아 〈네순 도르마(공주는 잠 못 이루고)〉는 지금도 전 세계 어디선가에서 불려지며 클래식 팬의 사랑을 받고 있을 것입니다.

앙코르 박수를 받을 수 있는 삶을 위하여

음악회의 또 다른 묘미는 앙코르 곡에 있습니다. 언제 다시 볼지 모르는 연주자와의 이별을 아쉬워하며 열띤 박수를 보내는 것은 좋은 공연을 해준 연주자에 대한 예의일 것입니다.

앙코르 곡은 이별이 기다리는 시간의 허전함과 아쉬움을 익숙한 곡으로 채우는 시간이기도 합니다. 대개의 클래식 공연은 숨죽인 청중과 긴장감에 휩싸인 연주자가 주고받는 팽팽한 공기 속에 최장 2시간여의 여정을 마칩니다.

이때 서로를 격려하며 아쉬운 이별을 하기 전에 '앙코르'라는 징검다리를 무언의 약속처럼 배치해놓습니다. 오케스트라 앙코르의 대표적인 곡으로 〈라데츠키 행진곡〉이 있습니다. 지휘자는 이 곡으로 자연스럽게 관객들의 박수를 유도해 대단원을 맺는 경우가 많습니다.

공연할 때마다 새로운 여자를 소개시켜주는 것을 계약 조건으로 내걸 정도로 바람둥이였던 폴란드 출신의 미국 피아니스트 아르투르 루빈스타인은 팔십대의 나이에 삼십대의 영국 여인 애너벨과 사랑에 빠졌습니다. 그녀와의 사랑을 위해 처자식을 버리고 떠나는 그를 비난하는 사람들에게 그는 이런 말을 남겼습니다.

"인생의 진정한 재미는 지금부터가 아니오? 음악회의 '앙코르타임'처럼 말이오."

우리 삶도 앙코르가 생각나는 삶으로 만드는 것, 클래식이 가르처준 지혜가 아닐까요. 물론 루빈스타인 같은 극단의 경우는 피해야겠지요.

풍요로운 일상을 위하여

클래식 음악을 잘 안다는 것은 무엇일까요? 베토벤 〈교향곡 3번〉 1악장의 선율과 리듬을 정확히 아는 것일까요. 1분만 듣고도 곡 제목과 작곡자를 정확히 알아맞히는 것일까요. 우리의 귀는 알지만 뇌는 정확히 기억하거나 설명하지 못하는 좋은 음악이 무수히 많습니다. 그 중에 클래식은 우리 일상 곳곳에 숨어 있습니다. 광고나 행사의 배경음악, 영화음악으로 자주 사용되어 우리의 일상을 지배하고 있습니다.

카페에서 커피 한잔 들고 생각에 잠길 때, 드라마에서 주인공이 처절한 감정 연기를 할 때, 스쳐 지나가는 많은 장면에서도 클래식 음악이 양념처럼 사용되고 있습니다. 이렇게 클래식은 메인 요리가 아닌 양념으로도 우리의 일상을 풍부하게 하고 있습니다.

어떤 것을 알고 그것을 흠뻑 향유한다는 것은 어떤 의미일까요? 비극적인 삶 속에서도 찬란한 선율을 뿜어내는 작곡가가 있는가 하면, 어떤 이는 화려한 삶 속에서도 쓸쓸한 선율을 그려냅니다. 베토벤의 고뇌, 슈베르트의 방황과 좌절 같은 작곡가의 삶의 이면까지 들여다보며 클래식을 듣다 보면 우리의 정서적인 풍요로움은 더해질 것입니다.

앞선 시대의 위대한 예술가들의 삶을 들여다보면 결코 행복해 보이지 않았던 이들이 많습니다. 반 고흐는 남프랑스 아를의 태양 아래서 그 눈부신 명작을 탄생시켰지만 정작 자신은 생활고에 시달리는 가난한 화가였습니다. 실연의 상처가 아물 겨를이 없었던 슈베르트는 또 어땠나요.

우리는 이들에게 분명 많은 빚을 지고 있음을 알게 됩니다. 클래식을 안다는 것은 작품번호 같은 지식을 잔뜩 쌓아가는 과정만은 아닐 것입니다. 대가들이 아름다운 선율을 잉태하기까지 보냈던 인고의 시간을 느끼고 또 다른 삶의 가치를 배우는 것도 포함하지 않을까요. 자신의 인생을 완성도 높은 클래식의 경지로 만들어가는 정신을 배우는 것 또한 아름다운 선율을 감상하는 것 못지않게 흥미로운 일이 될 수 있습니다.

클래식의 가치, 예술의 가치

영화 〈대부〉의 주제곡을 만든 작곡자는 몰라도 선율을 모르는 사람은 별로 없을 겁니다. 단순히 '완성도가 높다'라는 말로 표현할 수 없을 정도로 혼이 담긴 작품은 오래도록 살아남아 또 다른 클래식이 되는 것 아닐까요.

설익고 얄팍한 작품도 잠깐은 우리의 귀와 시선을 붙잡을 수는 있습니다. 그러나 클래식으로 남은 작품들은 분명히 대중의 변덕에 따라 명멸해간 무수한 예술 또는 '가짜 예술'과는 다른 두께와 무게가 있을 것입니다. 그것은 작품을 만든 예술가의 숭고한 정신과 숨결이 스며들어 있어서가 아닐까요.

화가 로트렉은 왜 스스로 자신의 그림 가치를 평가절하했을까요? 낭만과 광기 그리고 왜소증이라는 신체적 장애 속에서 살다 삼십대에 요절한 이 사나이는 죽기 전에 자신의 화실을 정리합니다. 이때 로트렉은 눈앞에 나타난 청소부에게 그림을 그냥 줍니다. 그 그림의 가치를 몰랐던 청소부는 가지고 있었으면 나중에 수백억 원이 되었을 그 그림을 불쏘시개로 태워 없앴습니다.

그림이나 음악에는 분명 당장 손에 잡히거나 활용할 수 있는 가치, 고급 승용차나 휴대폰이 가진 기능적 가치는 없습니다. 그래서 심미안이 없는 사람에게 유화 그림은 잘 타는 불쏘시개밖에 안 되는 것이겠지요. 하지만 그 캔버스에 담긴 예술가의 붓질이 수백억 원의 가치를 지니는 경우가 허다합니다.

무릇 예술이란 그런 것이고, 클래식 음악 또한 그런 만져지지 않는 가치를 지니지 않았을까요. 인간 정신의 가치를 영원히 간직한 것들을 '클래식'이라 불러도 좋겠습니다. 시대를 초월해 전하는, 섣불리 값을 매길 수 없는 것을 찾는 예술가가 '클래식'을 남기는 것이 아닐까요.

사람의 가치도 마찬가지겠지요. 대체 불가능한 자존심으로 자신의 콘텐츠를 만들어가는 사람만이 진정한 '클래식'으로 남을 것입니다.

현대 추상미술의 한 봉우리인 마르셀 뒤샹의 작품 〈샘〉은 화장실 변기가 아니고, 화가가 배설한 통조림 속의 똥은 화장실의 그것이 아닙니다. 제프 쿤스가 만든 거대한 조형물이 흉물이 아니라 수백억 가치의 예술품이 되는 것은 어떤 이유일까요?

현대미술이 가지는 '가치 부여의 마술' 때문일 수도 있겠지만, 그 오묘한 예술 정신은 훔치거나 결코 흉내 낼 수 없는 제프 쿤스만의 것입니다.

설령 그것이 사기라고 여기는 시샘 어린 비판들이 있어도 시장에서 그렇게 거래되고 있습니다. 현대미술 시장은 바보들의 돈 잔치 장터일까요, 아니면 갤러리 주변을 맴도는 화상들과 부자들 그들만의 리그일까요. 아니면 "굿이나 보고 떡이나 먹는" 직업적 속성을 가진 평론가분들에게 물어볼 일인가요.

궁핍을 물감 삼아서

생활인으로서의 예술가는 예나 지금이나 궁핍과 결혼한 사람, 그렇지만 그 재능으로 대중에게 위로를 주는 사람이라는 이미지가 강합니다. 물론 대중들의 사랑으로 부와 명예를 거머쥔 사례도 많습니다. 피카소, 클림트, 카라얀 같은 사람은 살아서 경제적 부를 누리면서 작품 활동을 했습니다. 반면 반 고흐나 슈베르트, 베토벤, 모차르트처럼 그 대척점에 있는 예술가들도 많습니다.

영혼을 갉아먹을 정도의 극심한 고통 속에서도 예술혼만은 잃지 않았던 예술가들이 후대에 칭송을 받는 경우가 많습니다. 또한 예술가가 당대에 겪은 피폐한 삶은 후세에 연민을 자아내고 있습니다.

40년째 한결같이 인간의 몸을 그려오며 독특한 자신의 화풍을 구축해 2019년에 제31회 '이중섭 미술상'을 수상한 화가 정복수는 이렇게 말합니다.

> 지금껏 한 번도 다른 직업을 지녀본 적이 없다. 가끔 아르바이트도 했지만 계속하다간 미쳐 죽을 것 같았다. 그림을 위해 다른 일을 하는 걸 못 견디겠더라. 차라리 거지로 사는 게 낫지. 그래서 진짜 반坐거지처럼 살았다.
>
> (…)
>
> 누군가는 자기가 대학교수고 유명하니 나를 불쌍하게 여길 수도 있겠지만 나는 오히려 그림에만 시간을 쏟지 못하는 그들이 불쌍하다. 나는 인정받기 위해 그리지 않는다. 내가 만족할 때까지 그릴 것이다.
>
> — 〈조선일보〉 2019. 3. 13.

가난을 견디는 예술혼이 가난보다 더 강하다면, 예술가는 작품의 진가를 알아주는 사람을 언젠가는 만나지 않을까요.

"잘못된 방향으로 힘차게 걷느니 절뚝거리더라도 옳은 방향으로 느릿느릿 가는 것이 낫다"는 마르쿠스 아우렐리우스의 말이 더욱 되새겨지는 시간입니다.

모차르트, 피아노협주곡 21번 2악장

모차르트의 경쾌, 발랄함은 〈피가로의 결혼〉 서곡 등
여러 곡에서 느낄 수 있습니다. 마치 작곡 기계라도 되는 양 35년의
짧은 인생에서 600여 개의 크고 작은 곡을 뚝딱 써냈을 것 같습니다.
하지만 〈피아노 협주곡 21번〉 2악장을 들으면
또 다른 모차르트를 발견할지 모릅니다.
성숙하고 차분한 톤으로 우리의 마음을 어루만져줍니다.
이 곡을 들으면 삼십대에 요절한 또 다른 천재 슈베르트의
〈세레나데〉도 함께 떠올리게 됩니다.

히브리 노예들의 합창

근심 없는 삶이 어디 있을까요.
여기 히브리 노예들처럼 고된 노역과 생사의 갈림길에서도
언젠가 고향 땅을 밟고 싶은 간절함이 있다면
희망의 끈은 놓지 말아야겠지요.
베르디가 오페라 〈나부코〉에서 〈히브리 노예들의 합창〉으로
들려주는 선율에 귀를 맡기면 일상의 근심들도
잠시나마 썩 물러가지 않을까 합니다.

3. 두 거인의 음악과 삶

모차르트와 베토벤, 천재와 악성으로 일컬어지는 클래식 음악
사의 두 슈퍼스타는 가장 많은 이야깃거리를 남기고 있습니다.
모차르트가 음악의 기능적인 면에서 천재였다면, 베토벤은 음악
의 기능적인 측면을 극복하고 진정한 예술가의 길을 걸어 후세에
커다란 울림을 주고 있습니다. 무수한 음악학자들이 두 거인이 남
긴 음악에 대해 찬사와 평가를 쏟아내고 있습니다.

고마워요 모차르트

어떤 청년이 자살을 시도하려다 모차르트의 너무 아름다운 음악
을 듣고 이렇게 아름다운 음악이 있는 세상을 등지지 않기로 마음
을 고쳐먹었다고 합니다. 그후로 그 청년은 '모차르트 형'이라 부
르며 계속 모차르트에게 감사하며 살았다고 합니다.

이런 극단적인 사례는 아니더라도 클래식 애호가들은 모차르
트, 베토벤으로 대표되는 클래식 작곡가들에게 마음의 빚을 지고

있는 것이 사실입니다. 그들의 삶이 그다지 행복해 보이지 않았기에 마음의 빚은 더욱 무겁습니다.

모차르트와 베토벤은 오래전 머나먼 이국에서 살았던 사람이지만 몇 세기를 지나서도 친근한 이름이 되어 지금도 거의 매일 내 귀를 즐겁게 해주고 매 순간 나의 울적함을 달래줍니다.

물론 수많은 음악가가 두 사람의 곡을 해석하고 연주했기에 그 가치를 온전히 보여줄 수 있을 것입니다. 특히 오늘날에는 연주를 무대에 올리고 음반으로 재탄생시키는 데 관여하는 많은 조력자가 있어서 이 둘의 이름이 더욱 빛나는 거겠지요.

다양한 장르의 음악이 사람들의 취향에 따라 베토벤과 모차르트 옆자리에서, 어쩌면 BTS에 열광하듯 더 위에서 이 둘을 대신하고 있습니다. 클래식을 그보다 광활하기 그지없는 '음악의 대지'에 펼쳐놓으면 악성과 천재도 이제 작은 땅덩어리를 가진 왜소한 존재에 불과할지도 모릅니다.

장르와 음악의 수가 무한하듯이, 음악이 주는 정서적 위로의 힘도 무한한 것 같습니다. 자살 결심을 바꾼 청년처럼, 모차르트의 음악이 흐르는 세상의 아름다움을 아는 사람은 아무래도 시련이 닥쳐도 잘 이겨낼 수 있지 않을까요.

베토벤도 자신에게 닥친 청각장애라는, 음악가에게는 사형선고와 같았을 잔인한 시련을 극복하면서 '불후의 명곡'을 남겼듯이 말입니다.

고독과 영광

음악은 아무리 끔찍한 상황에서도 귀를 괴롭혀서는 안 된다.
귀를 즐겁게 하는 것, 즉 언제나 음악으로 남아야 한다.
— 모차르트

베토벤이 그랬듯이 모차르트도 궁정 귀족들의 멸시와 신분의 한계에 분노했습니다. 고용주인 귀족 계급에게 강한 반감을 가지면서도 그들의 인정을 받아서 일감을 따내야만 하는 처지에서 느꼈던 양면적인 감정이 음악사 문헌들에 기록되어 있습니다.

사회학자 노르베르트 엘리아스는 《모차르트, 사회적 초상》에서 이렇게 말했습니다.

> ∾　소외 계층 사람들이 흔히 그렇듯이 모차르트는 궁정 귀족들의 멸시에 괴로워했고 분노했다. 그러나 사회 고위 계층에 대한 적대감은 강한 긍정과 병존하는 것이다. 다시 말해 그는 바로 이들의 인정을 받고 싶어했고, 자신의 음악적 업적으로 동급의 인간으로 대우받기를 원했다.
>
> 이러한 이중성은 무엇보다도 궁정의 고용주를 격렬히 거부하면서도 동시에 독립된 '자유 예술가'로서 주로 궁정 귀족으로 이루어진 청중의 호감을 사려 했다는 데서 표출된다.

영화 〈불멸의 연인〉에서도 볼 수 있듯이 베토벤에게는 연인이 여럿 있었지만 정식으로 결혼해 가정을 이루지는 않았습니다. 그의 동생이 죽자 조카의 양육권 문제로 제수와 다투는 과정에서 보듯 혈육이나 포근한 보금자리로서 가정에 대한 동경은 본능적으로 있었던 것으로 보입니다.

베토벤은 말년에는 명성을 바탕으로 일감이 많이 들어와 한때 여유를 누리기도 했습니다. 베토벤이 좀 더 일찍 결혼을 생각할 무렵에는 안정된 생활과는 거리가 있어 보이는 이 예술가를 남편으로 맞아들이기엔 여인들에게 너무 큰 인내와 용기가 필요했으리라 짐작됩니다. 더구나 귀족 여인들이 신분상 자신보다 아래인 베토벤을 보는 시선이 고울 리 없었을 것입니다.

이렇듯 우리 후세대가 천재와 악성에게 부여한 영광에는 결코 우호적이지 않았던 환경 속에서 분투한 예술혼에 대한 경의도 포함되지 않았을까요.

칼 바르트의 모차르트 숭배

장 칼뱅과 모차르트의 초상화를 나란히 걸고 숭배한 신학자 칼 바르트는《모차르트 이야기》에서 이렇게 모차르트를 찬양합니다.

> 모차르트의 음악은 바흐의 음악처럼 메시지적 성격이 있는 것도 아니고 베토벤의 음악처럼 자신의 삶을 고백한 것도 아닙니다. 그는 음악 속에서 어떤 교훈적인 것을 말하고 있지 않으며 더욱이 자기 자신에 관한 이야기를 하지 않습니다.

사람들이 특히 그의 후기 작품을 보고 그의 음악이 메시지가 있다든지 또는 자신의 삶을 고백한 것이라고 분석하는 것은 인위적이고 합당하지 못한 생각이라고 봅니다. 모차르트는 음악을 통해 어떤 것을 말하고 싶어하지 않습니다. 그는 단지 노래하고 연주하는 것입니다. 그는 청중에게 아무것도 강요하지 않으며 어떤 결정이나 입장을 선택하라고 요구하지도 않습니다. 그는 단지 청중에게 자유를 줍니다. 사람들이 그를 좋아하는 것은 무엇보다 이런 자유가 허락되기 때문입니다.

바르트의 찬양은 더 이어집니다.

∽ 내가 당신에게 소박한 감사를 드려야 할 일은, 당신의 음악을 들을 때마다 언제나 좋은 날씨와 사나운 날씨, 밤과 낮으로 아름답게 질서가 잡힌 세계로 인도된다는 것이며, 20세기에 사는 사람으로서 언제나 (교만이 아닌) 용기와 (지나친 빠르기가 아닌) 템포와 (무미건조하지 않은) 순수함과 (방종이 아닌) 자유를 얻게 된다는 것입니다.
   귓전을 맴도는 당신과의 음악적 대화를 통해 사람들은 젊게도 되고 늙게도 되며, 일도 하며 휴식도 얻으며, 기쁨도 누리고 슬픔도 맛보게 됩니다. 한마디로 말해서 삶을 살아가는 것입니다.

저명한 신학자였던 칼 바르트가 모차르트라는 다른 분야의 어린 천재에게 최고의 경의를 표한 것입니다. 그는 여기에 더해 내가 만약 장차 천국에 간다면 먼저 모차르트를 만나 안부를 묻고, 그 다음에 비로소 아우구스티누스, 토마스 아퀴나스, 루터, 칼뱅, 슐라이어마허의 안부를 묻고 싶다고 함으로써 모차르트를 성인의 경지에 올려놓았습니다.

천재였지만 결코 행복하지 않았을 것 같은 모차르트가 단명한 것도 어린 시절 아버지의 호된 교육과 과로에 가까운 음악 활동 때문일지도 모른다고 바르트는 짐작합니다.

모차르트는 어릴 때부터 천재 소리를 들으며 유럽 무대를 휘젓고 다녔지만 그의 짧은 인생은 말년이 되어 더욱 심해진 아버지와의 불화, 경제적 곤궁으로 인해 행복으로 가득 찬 '장조Major'가 아니었습니다.

베토벤도 청각장애와 경제적인 어려움, 사랑의 실패 등 도무지 행복과는 거리가 있어 보이는 조건 속에 독신으로 고독한 삶을 살았습니다.

과학의 진리 탐구가 값지듯이, 사람들을 감동시키는 아름다운 선율을 만들어내는 예술의 가치도 낮게 평가할 수 없습니다. 오늘날 칭송되고 많은 사람에게 위안을 주는 음악의 가치만으로 볼 때 두 사람의 업적은 인류사에 길이 빛납니다. 칼 바르트처럼 '거인'을 칭송하고, 위대한 영혼이 오선지에 남긴 선율을 감상하는 것만이 두 거인을 숭배하는 인류의 몫입니다.

모차르트의 천재성 논란

칼 바르트가 또 말했습니다.

> ⚮ 천사들이 하나님을 찬양할 때는 분명 바흐를 연주할 것이다.
> 그러나 자기들끼리 모여서 즐길 때는 단연코 모차르트를 연
> 주할 것이다.

그리고 모차르트 전기를 펴낸 음악학자 W. 힐데스하임은 이렇
게 말했습니다.

> ⚮ 모차르트를 교육적 모델로 내세우는 것은 도움이 안 된다.
> 그의 악보는 한 번도 고친 흔적이 없으며 작품은 악보로 옮
> 기기 전에 이미 완성되었다.

반면에 노르베르트 엘리아스는 "한 사람이 모차르트처럼 음악
적 자산을 천부적으로 유전자에 지니고 출생했다는 것은 말이 안
된다"며, "그는 전문가인 아버지에 의해 철저히 교육받고 놀라운
집중력과 학습 능력을 보인 경우로 봐야 한다"고 했습니다.

이렇게 후천적인 노력에 무게를 두는 쪽과 선천적 재능을 인정
하지 않을 수 없다는 쪽이 각각 견해차가 있을지라도 그의 작품
이 불세출의 명작이라는 점에 이의를 제기하는 사람은 거의 없습
니다.

같은 음악, 다른 쓰임

우리는 싫든 좋든 음악에 계획적으로 또는 무방비로 노출되면서 살고 있습니다. 클래식 음악 역시 무수히 접합니다. 백화점이나 마트에서 구매 심리를 자극받기도 하고 카페에서 은은한 분위기에 젖어들기도 합니다. 쓰임새는 다양하지만 인간의 음악 본능에 자극을 주는 의도된 마케팅에 노출되는 경우가 부지기수입니다.

휴일이면 거의 하루 종일 클래식만 틀어주는 라디오 채널을 습관적으로 찾습니다. 글을 쓰는 이 시간에도 친구가 되고 있습니다. 그 '목적 없음'에 또는 '클래식을 좀 더 가까이'라는 황당한 목적에 끌려서 그냥 틀어놓으면 마음이 편해집니다.

이럴 때면 전 국민 중 수백만 아니 수천만 분의 일이 될지 모르지만 내 호주머니 돈이 공영방송에서 그래도 쓸모를 제대로 찾는구나 하고 안도감이 듭니다.

만들어진 천재 신화

영화 〈아마데우스〉는 모차르트의 천재성과 괴짜 기질을 흥미롭게 그립니다. 그리고 궁정악장 살리에리는 모차르트의 천재성을 질투한 사람으로 묘사합니다. 이런 맥락에서 살리에리가 모차르트를 독살했다는 설說도 모차르트 사후에 꾸준히 제기되었습니다. 천재와 그를 질투한 범재 이야기로 많은 사람에게 회자되기도 했지만, 그것은 근거가 극히 희박한 소설 수준의 이야기라는 것이 학계의 정설입니다.

모차르트에 대한 대중의 이미지는 오랜 시간에 걸쳐 형성되어 천재의 대명사처럼 불리고 있습니다. 많은 사람이 천재가 작곡한 음악을 칭송하고 태교음악으로도 좋다며 '모차르트 이펙트Mozart Effect'까지 등장한 지 오래입니다.

칼 바르트도 그 칭송 대열에 서서 이렇게 말했습니다.

∞ 그를 신동으로 여기는 것은 바로 본질에 다가서는 일이다. 예술의 기법을 대부분 직접 마스터하고 그것을 연마해가고자 했던 이 사람은 기법 문제로 청중을 번거롭게 하지 않았으며 결코 작품의 균열을 느끼지 않도록 했다. 그래서 청중이 언제나 반복해서 자유로운 아이와 같은 연주를 즐길 수 있게 해준다.

앞서 살펴본 것처럼 모차르트가 부단한 노력으로 그런 경지에 올랐는지 아니면 펜만 들면 악상이 저절로 떠오르는 사람이었는지에 대해서는 많은 음악학자가 이의를 제기하고 있습니다.

살리에리 또한 당시에 대단한 음악교육가로 명성을 날리고 있었습니다. 베토벤, 슈베르트, 리스트가 그의 제자들이었으며, 베토벤은 그의 지도 능력을 높이 평가했습니다. 살리에리는 모차르트의 아들 프란츠 크사버도 지도했습니다.

이런 사실들로 미루어볼 때 영화 〈아마데우스〉가 만들어낸 살리에리의 이미지, 즉 살리에리가 "질투심 가득한 능력 없는 작곡가"라는 설정은 그저 영화의 재미를 위한 극적인 장치일 거라고 보는 것이 타당하겠지요.

베토벤의 자부심

베토벤과 모차르트는 그 누구의 지배도 받지 않고 완전히 독자적인 길을 간 최초의 음악가들이었습니다. 이 점에서는 베토벤이 모차르트를 조금 앞선 면이 있습니다. 이 두 사람은 자신과 청중에게만 책임을 지는 예술가의 길을 가려고 했습니다.

베토벤이 예술가로서의 자부심이 얼마나 강한지를 보여주는 일화가 있습니다. 베토벤은 후원자인 영주 레하노프스키가 자신을 함부로 대한다고 느꼈는지 한번은 이렇게 말했습니다.

"영주님, 당신이 영주인 것은 우연과 출생 덕이지만 나는 나 스스로의 힘으로 이 자리에 왔소. 세상에 영주는 수천이 넘지만 베토벤은 단 하나뿐이오."

음악가는 당시 신분상 귀족에게 봉사하는 '장인'이라는 한계 속에서 귀족들의 재정적 후원에 의지해 살 수밖에 없었습니다. 그렇지만 베토벤은 예술가의 당당한 면모를 잃지 않았습니다. 이런 일화는 많습니다.

베토벤이 괴테와 산책을 즐기는데 한 귀족이 가까이 지나가자, 괴테는 옆으로 피했습니다. 그렇지만 베토벤은 오히려 팔짱을 끼

고 대로 한복판을 당당하게 걸어가서 귀족이 오히려 피해 갔다는
이야기도 있습니다.

악마의 재능

바이올리니스트 파가니니는 '악마의 재능'으로 유명합니다. 그러
나 파가니니는 그 걸출한 재능으로 결코 행복한 삶을 살지는 않았
던 것 같습니다. 때로는 그의 곁에 예술보다 도박과 여인이 더 가
까이 있어서 악마의 재능으로 타락한 경우라 볼 수 있습니다.

파가니니의 경우처럼 재능이 뛰어난 사람이 어쩌면 불행할 수
있다는 많은 사례가 있습니다. 일상적인 꾸준함이 결국 이긴다는
인생 선배들의 훈계도 있어서인지 많은 사람이 불행한 천재를 질
투하기보다는 자신의 평범함을 위로하고 안도하기도 합니다.

음악 분야의 천재로 우리는 모차르트를 상징적으로 연상합
니다. 하지만 사실 모차르트의 천재성에 대해서도 논란이 있습
니다. 궁정악사로 인정받고 있던 그의 아버지 레오폴트 모차르트
가 음악가로 싹이 보이는 아들을 혹사에 가까울 정도로 몰아붙이
는 조기교육에 올인했던 점도 있기 때문입니다. 그래도 그런 재능
은 '바짓바람'만으로는 만들어질 수 없다는 데 많은 클래식 팬이
동의할 것입니다.

모차르트 음악의 아름다움에 탄복하며 듣다가 작곡 당시의 나
이가 몇 살이었는지 안다면 그의 천재성에 감탄하지 않을 수 없을

것입니다. 그렇지만 모차르트가 즐거움과 만족으로 충만한 삶을 살았나 하는 질문에는 동의하기 쉽지 않습니다.

1980년대를 풍미한 팝 음악의 큰 별 마이클 잭슨 또한 천재성을 타고났다는 데에는 이의를 제기하는 사람이 드물 것입니다. 스캔들과 사건들로 가득한 마이클 잭슨의 삶도 부러움과 동시에 연민을 일으킵니다.

물론 적절히 적성을 살릴 기회를 얻지 못해 사장된 천재들도 많습니다. 천재가 아닌 사람으로서, 천재성이 만들어낸 수많은 결과물을 즐기는 평범한 사람이 천재보다 오히려 행복하지 않을까라며 역설적으로 위안해봅니다.

모차르트, 슈베르트, 고흐……. 이 불행한 천재들의 짧은 생은 후대의 범재들을 즐겁게 하는 데 기여했지만, 자신은 고통 속에서 예술을 갈구했던 것이 아닐까요.

"음악은 모든 지혜와 철학을 능가하는 계시다. 누군가에게 내 음악이 스며들면 그 사람은 다른 이들이 끌고 다녀야 하는 삶의 비참함에서 해방될 것"이라는 베토벤의 말처럼, 천재들은 연민을 일으키는 비참함 속에서도 다른 차원의 어떤 것을 보았으리라 짐작해봅니다.

베토벤의 생계

베토벤은 거의 평생 생활고와 싸우며 살았습니다. 비록 유명세를 탄 뒤 한때나마 귀족들의 작곡 의뢰 수입으로 윤택하게 산 적도 있었지만, 경제적으로는 쪼들리는 생활의 연속이었습니다.

많은 토지를 소유한 동생에게 생활비 지원을 요청했으나 거절 당한 일화도 전합니다. 동생은 형의 요구에 이렇게 답신합니다.

> ∞ 형이 선택한 직업은 원래 궁핍하게 사는 것 아닙니까? 형의 가난은 형 스스로 선택한 것이니까 책임도 형이 져야 할 것입니다.
>
> — 토지 소유자 동생 요한

동생의 야속한 편지에 자존심과 배짱이라면 둘째가기 서러운 베토벤도 이렇게 응수합니다.

> ∞ 너의 돈은 필요 없다. 너의 설교도 필요없다
>
> — 두뇌 소유자 형 루트비히

자유를 꿈꾸다

수공업적 예술인 음악을 예술가의 진정한 예술로 승화했다는 음악학자들의 평, 후세 작곡가들이 그의 개성 넘치는 9개 교향곡의 벽을 넘지 못한다는 찬사를 인용하지 않아도 악성 베토벤의 음악적 성취에 이의를 제기하는 이는 없습니다.

베토벤 하면 언뜻 떠오르는 것은 청력 상실로 상징되는 굴곡진 인생사와 고난의 가시밭길을 걸어가는 순교자 이미지입니다. 베토벤은 생존 당시에 이미 스타 작곡가로 인정받아 곡을 달라고 안달하는 출판업자, 천재 음악가라며 숭배하는 궁정의 후원자들이 있어서 짧은 영광을 누리기도 했습니다. 완전한 예술가의 예술로 가기 전 그 길목에 있었던 모차르트와 달리, 베토벤은 모차르트와 약간의 시차를 두고 모차르트가 누리지 못한 명성과 부를 누리기도 했습니다.

악성과 천재는 예술의 힘이 어떤 것인지 보여주고 있습니다. 그러기에 지금까지도 영화의 배경음악은 물론 다양한 장르의 문화 콘텐츠에 없어서는 안 되는 양념으로 지구촌 어디에선가 부단히 연주되면서 그 숨결을 남기고 있는 것이겠지요.

베토벤과 그 시대의 음악가들은 위대한 예술가였을 뿐 아니라 모든 실력과 요령을 동원해 생업으로서의 음악을 마스터한 달인들이기도 했습니다. 영원히 남을 예술을 위해서라기보다는 현실의 문제를 해결해야 했기 때문에 그 일에 통달할 수밖에 없었습니다. 돈을 벌기 위해서는 성공해야 했고, 성공하기 위해서는 단번에 청중, 특히 음악을 주문한 사람들, 백작, 영주, 왕족의 마음을 사로잡는 기술이 필요했습니다.

모차르트의 아버지 레오폴트 모차르트도 작곡을 했는데, 아들에게 이렇게 주문한 적도 있습니다. "곡은 짧고 대중적으로 써라. 아무리 둔감한 사람의 귀도 간지럽게 할 수 있어야 한다."

볼프강 모차르트는 궁정에 소속되어 있으면서 항상 자유로운 음악가가 되기를 꿈꿉니다. 조직에 속해 있으면서도 언젠가 자기 사업을 하려는 계획이 있는 직장인들처럼 말입니다.

조직에 속한 사람은 개인의 창의성보다는 조직의 이익을 위해 희생해야 하는 부분이 있듯이, 궁정에 소속되어 있거나 후원자에게 경제력을 의지하는 음악가로서 자신의 개성만 고집할 수는 없었을 것입니다. 모차르트 시대에 일반화되었던 주문형 음악은 귀족의 취향을 고려할 수밖에 없었을 것입니다. 물론 작곡자의 개성이 중요한 요소임은 부인할 수 없겠지만요.

앞서 얘기한 대로 베토벤은 말년에 상당한 세간의 칭송을 쌓았고 이러한 평판이 예술가로서의 일정한 자유를 보장함으로써 자신의 깊은 음악 세계를 펼쳐 보일 수 있었던 것으로 보입니다. 반면에 모차르트의 경우에는 아버지 레오폴트가 노골적으로 얘기하는 부분이 음악사료에 나옵니다. "처음 들었을 때 멜로디가 지루하면 안 된다"는 투로 말입니다.

주문자가 지루함을 느끼지 않는 일종의 작곡 가이드 라인을 아들에게 제시한 것이죠. 모차르트가 좀 더 오래 살아서 당시에 베토벤 정도의 브랜드를 얻었다면 어떤 음악이 나왔을까 상상해봅니다.

자신의 사업을 가지고 자유를 향유하면서 의미 있는 상품이나 작품을 남기는 것은 예술가만이 아닌 모든 사람의 꿈이 아닐까요. 수공업적 예술에서 자신의 세계를 담은 예술로 가는 과정에 있었던 모차르트에 대해 분석한 노르베르트 엘리아스는《모차르트, 사회적 초상》에서 이렇게 말했습니다.

∞ 귀족에 의해 주문형 생산처럼 작곡되는 음악에서 작곡자가 예술가로서의 자기 주체성을 가지고 작곡할 수 있는 단계로 사회가 성숙되었기에 예술가 예술로 진화하는 단계에 모차르트가 처해 있었다. 이는 소수 귀족만 향유할 수 있는 클래식 음악이 대중 공연을 통해 많은 사람들이 접할 수 있는 여건이 성숙해졌기에 가능했다.

이 젊은이를 눈여겨보라

하이든과 살리에리에게 사사했고 피아노 연주로도 일가를 이루었던 베토벤은 피아노 교습 분야의 전설로 알려진《체르니》를 만든 카를 체르니를 가르치기도 했습니다. 베토벤의 아버지는 음악적 자질을 보인 베토벤이 모차르트처럼 전 유럽을 떠들썩하게 만들기를 기대하면서 음악교육을 시켰습니다.

독일 본에서 태어난 베토벤은 음악의 도시 오스트리아 빈으로 가서 모차르트를 만납니다. 베토벤의 즉흥 연주를 들은 모차르트는 "이 젊은이를 눈여겨보라. 이 젊은이는 언젠가 세상에 큰소리칠 날이 꼭 올 것이다"라며 전도유망한 17세 베토벤의 재능을 평가했습니다.

모차르트의 호평을 받은 1787년 그해, 아직 열일곱 살에 지나지 않은 베토벤은 어머니를 잃었고, 아버지 요한의 알콜 중독증은 더욱 심해져 가족의 생계를 책임져야 할 소년 가장이 되었습니다.

천재에서 한 걸음 더 나아간 악성

베토벤은 어떤 형태의 천재일까요? 악성으로 추앙받는 베토벤도 소위 '노력형 천재'라고 할 수 있습니다. 이러한 면모는 베토벤이 친구 베겔러에게 " '곡을 한 줄도 쓰지 않은 날은 단 하루도 없다'가 나의 신조일세"라고 쓴 편지에서도 짐작할 수 있습니다.

이런 성실성에 바탕을 둔 작품의 완성도는 스승 하이든의 눈에도 띄어 이런 추천사를 쓰게 만들었습니다.

∞   선제후 전하!
저는 조심스럽게 선제후 전하께 저의 사랑하는 제자 베토벤의 음악 작품 몇 점을 보내드립니다. 저는 이 제자를 정중한 마음으로 신뢰하고 있습니다. 제가 이 작품을 추천하는 것은 베토벤이 실제로 공부한 것보다 그의 성실성 때문일지도 모룹니다. 이런 작품을 접하면 베토벤이 유럽에서 가장 위대한 작곡가들 중 한 명이 될 것이라는 점을 솔직히 인정하지 않을 수 없습니다. 그리고 제가 그의 스승이었음을 말할 수 있다는 것이 자랑스러울 것입니다.

— 오희숙,《음악과 천재》

베토벤의 괴짜 기질과 실연의 아픔, 정리되지 않은 생활에 대한 기록은 많은 문헌에 등장하고 또 〈불멸의 연인〉〈카핑 베토벤〉 같은 영화에도 표현되어 있습니다. 베토벤이 가족 없이 사는 고독, 음악가로서는 치명적인 아픔인 난청을 극복하는 과정은 클래식 팬들의 마음을 아프게 합니다.

베토벤 스스로 결코 행복해 보이지 않았음에도 예술적 사명감 같은 것으로 삶을 견뎌냈다고 짐작할 수도 있습니다. 현실에 쉽게 만족하지 못한 베토벤의 모습은 문헌에도 나타납니다.

∽ 게다가 귀가 들리지 않는다는 슬픈 경험은
내게 얼마나 가혹한 타격인지.
나는 꼭 필요한 정도 외에는 사회적 교류를 할 수 없어.
사람들 가까이 접근하면 불 같은 공포감이 나를 사로잡아.
나는 거의 절망하게 되었어.
이런 일이 좀 더 있었다면 아마 내 삶을 끝장냈을 거야.
나를 다시 불러온 것은 오로지 나의 예술이었어.
아아, 나의 내면에 있는 모든 것을 불러내기 전에 이 세계를 떠난다는 것은 불가능한 일인 것 같아.

그래서 나는 이 비참한 생존을 견딜 수 있는 것이지.

— 오희숙,《음악과 천재》

베토벤의 삶은 마치 불행의 한가운데를 걸어가는 듯 보입니다. 그렇지만 삶의 고뇌를 안고서도 불꽃 같은 예술혼을 찬란한 선율로 오선지에 펼쳤기에 인류도 그 혜택을 누리고 있는 것 아닐까요.

베토벤도 모방한 후에 자기 것을 창조했다

다른 분야와 마찬가지로 음악 분야에서도 처음에는 모방해도 궁극적으로는 모방의 익숙함에서 벗어나야 큰 성공이 따른다고 하겠습니다.

고흐는 밀레의 그림을 특히 좋아해서 그의 그림을 모작하곤 했습니다. 나중에는 강렬한 남프랑스의 태양과 노란색으로 상징되는 자신만의 독특한 화풍으로 발전시켜나갔습니다.

베토벤도 처음에는 교향곡의 아버지 하이든이나 천재 모차르트를 모방하면서 자신의 음악 세계를 만들어갔습니다. 나중에는 무리하다 싶을 정도로 독특한 기법을 선보이기도 했습니다. 주위에서 청중들의 입맛에 맞지 않을 것이라고 말리자 베토벤은 이렇게 말했습니다. "걱정하지 말아요. 이건 미래 세대를 위한 음악이니까요."

5번 '운명', 3번 '영웅'과 같이 교향곡의 대명사와도 같은 독특한 색깔의 교향곡을 완성한 베토벤은 클래식의 대명사가 되었습니다. 9번 〈합창 교향곡〉의 파격은 당시엔 가히 혁명적이었음은 잘 알려진 사실입니다.

　우리가 잘 아는 BTS 또한 걸그룹이나 보이그룹들의 익숙한 성공 공식을 따라가지 않았습니다. BTS는 SNS에서 청춘들의 생각을 잘 품어주는 언어로 이미 그들의 내면과 소통했습니다. 이런 공감의 힘을 바탕으로 '아미'라는 열렬한 팬덤을 형성하고 음악을 하나의 표현 수단으로 활용했기에 세계 음악 팬들을 열광시킬 수 있었습니다. 나아가 국경과 인종, 세대를 초월하는 광범위한 팬층을 보유하게 되었습니다.

　"훌륭한 예술가는 모방하고, 위대한 예술가는 훔친다"는 피카소의 말처럼, 평범함을 벗어나는 위대한 예술가들은 모방에서 한 걸음 더 나아가기 위해 기존의 것을 완전히 자기 것으로 만든 사람들이 아닐까요.

문화 콘텐츠의 보물창고

문화 콘텐츠로서 클래식의 응용 범위는 무한합니다. 그 중에서도 모차르트와 베토벤의 삶은 작품 못지않게 울림을 줍니다. 음악사에 남은 두 거인의 삶과 사랑은 〈아마데우스〉 〈불멸의 연인〉 같은 영화로도 제작되어 풍성한 이야깃거리를 만들어내고 있습니다.

전 세계적으로 제작된 모차르트 관련 영화만 1000편이 넘고, 베토벤에 대한 영화도 850여 편이라는 통계가 있습니다. 정말 무궁무진한 콘텐츠의 보고라고 하지 않을 수 없습니다. 아마 지금도 세계 어디선가 이 두 작곡가 이야기가 담긴 영화가 만들어지고 있을지 모릅니다.

∽ 햇빛은 달콤하고
비는 상쾌하고
바람은 시원하며
눈은 기분을 들뜨게 만든다
세상에 나쁜 날씨란 없다
서로 다른 종류의 날씨만 있을 뿐

존 러스킨의 시입니다. 이 시를 이렇게 클래식 음악에 대입해보면 어떨까요.

"모차르트는 발랄하고 베토벤은 중후하고 세상에 나쁜 클래식은 없다. 다른 종류의 클래식만 있을 뿐."

음악을 뜻하는 영어 'music'은 사전에서 'mushroom' 뒤에 나오는 단어입니다. 버섯이 오래되고 죽은 나무에서 자라나듯이 클래식 음악도 베토벤, 모차르트와 같은 오래된 거목의 품에서 나와 열매를 풍성하게 맺은 게 아닐까요.

더 이상의 베토벤, 모차르트는 없을까?

모차르트, 베토벤에 견줄 음악가는 이제 더 이상 안 나올까요?
21세기에는 음악가들이 넘쳐나고 전자음악 소리도 요란합니다.
어떤 음악이 진정 좋은 것인지, 너무나 많이 쏟아져 나오는 음악들
은 우리의 판단을 흐리게, 혼란스럽게 합니다.

우리 시대 작곡가들이 화성과 선율을 만드는 세련미나 테크닉
이 클래식 시대를 연 작곡가들에 비해 부족할까요. 물론 아닐 것입
니다.

20세기 세계 미술계를 움직인 컬렉터 페기 구겐하임은 그의 자
서전 말미에 이렇게 적고 있습니다.

∞   천재가 10년 단위로 나올 거라고 기대할 수는 없다. 20세기
    는 이미 우리에게 충분히 많은 천재를 선사했고, 더 이상 기
    대해서는 안 된다. 좋은 밭을 만들기 위해서는 이따금 밭을
    놀려두어야 하지 않는가?
    오늘날 예술가들은 독창적이라 하기에는 너무 열심히 노력
    한다. 바로 이런 이유에서 그런 그림들은 더 이상 그림이 아
    니다. 지금으로서는 20세기가 배출해낸 이들에 만족해야 할
    것이다. 피카소, 마티스, 몬드리안, 칸딘스키, 클레…….
    지금은 창작의 시대가 아니라 수집의 시대다. 우리가 가진 위
    대한 보물을 대중에게 보여줄 의무가 우리에게 있지 않은가.

18세기 후반과 19세기 초반 베토벤과 모차르트가 잉태하고 낳았던 그 빛나는 선율은 이제 나오기 힘든가요. 그에 대한 답도 음악계의 구겐하임은 알고 있을지 모릅니다.

음악이 뭐냐고 물으시면

저널리스트 새라 손턴은 자신을 미술가라고 불러달라고 애걸하는 사람에게 미술가란 어떤 사람이냐고 물었던 경험을 저서《예술가의 뒷모습》에서 들려주고 있습니다.

손턴은 그 자칭 미술가란 사람이 "미술가란 미술을 하는 사람"이라고 말해 정말 맥이 빠진 적이 있다고 했습니다. 앤디 워홀 정도의 재기 넘치는 위트는 아니더라도, 예술을 하는 사람에게는 뭔가 속물성을 초월하는 안목이나 예술에 대한 진정성이 필요하지 않을까요.

만일 모차르트에게 "음악가란 무엇인가?"라고 묻는다면 그는 어떻게 대답할까요?

"음악요? 그건 나 같은 천재가 오선지에 신나게 낙서한 것을 연주자들이 죽어라 연습해서 만들어낸 소리겠죠."

베토벤은 어떻게 답했을까요? 아마 그 고뇌에 찬 표정으로 이렇게 말했을 것 같습니다.

"영혼을 뒤흔드는 신의 목소리요."

악성과 천재는 아마도 이런 식으로 답했을 거라고 상상해봅니다.

나한테 음악, 정확히 클래식은 확실히 '영혼을 위로하는' 소리였습니다. 세상에 홀로 남겨졌다고 생각할 때도 그 울림은 잊을 수 없을 것 같습니다. 그러기에 먼 이국의 지하에 있는 베토벤과 모차르트에게 감사를 표하고 싶습니다.

힘 빼고

듣는

클래식

처음 하는 것들, 익숙하지 않은 것들에는 언제나 장벽이 있을 수 있습니다. 아직 한글을 깨우치지 못한 아이, 알파벳과 영어를 익히지 못한 사람들에게 한글, 영어로 쓴 지식은 이해하기 어려운 방언입니다.

음표로 만들어진 악보를 연주자들이 해석해서 연주하는 클래식이라는 언어도 처음 들으면 생소합니다. 클래식 언어의 작동 원리나 문법을 알기도 만만치는 않습니다. 그렇지만 자꾸 듣다 보면 친숙해지고, 클래식이라는 언어가 나름의 방식으로 이해됩니다. 한글이나 영어처럼 일상의 언어가 되고 나면, 없으면 허전하고 불편할지도 모릅니다.

전문가들이나 '전문가연'하는 많은 이가 들려주는 난해한 해석과 권위에 기죽을 필요는 없다고 생각합니다. 다양한 분야의 엔터테인먼트 산업이 커지고 그중 음악 분야에서도 무수히 많은 곡이 쏟아지고 있습니다.

이 책을 집어든 분들은 아마도 '클래식 유일 신앙'을 고집하는 사람이거나 지레 겁먹고 감상을 포기하는 사람, 이 양극단 어딘가에 있을 것입니다. 어떤 지점에 있더라도 쉽게 눈에 들어올 수 있도록 클래식의 안과 밖을 살펴보고자 합니다.

시벨리우스, 바이올린 협주곡

'국민음악파'로 알려진 핀란드의 거목 시벨리우스는
바이올리니스트로 음악 인생을 시작했지만,
무대공포증 때문에 작곡으로 전향했습니다. 작곡가가 누구보다
바이올린의 특색을 너무나 잘 알아서인지 화려한 음색과
오케스트라와 조화를 이룬 협주곡의 묘미가 일품입니다.
특히 3, 4악장에서 오케스트라의 풍부한 음량과 함께
바이올린이 들려주는 빠른 템포 부분을 들으면 꼬인 실타래가 풀리듯
일상의 체증이 뚫리는 시원함도 느끼실 듯합니다.

베토벤 피아노 소나타 17번 템페스트

다니엘 바렌보임의 연주로 베토벤의 〈템페스트〉를 감상해보겠습니다.
다니엘 바렌보임은 정명훈처럼 피아니스트로 음악가의 삶을 시작해
지휘자로 활동하고 있습니다. 그 유명한 마에스트로 토스카니니는
첼리스트에서 지휘자로, 주빈 메타는 바이올리니스트에서 지휘자로 변신한 경우입니다.
작은 막대만 흔드는 듯 보이는 마에스트로는 대개 기악 연주자로 시작해
포디엄 위에서 카리스마를 뽐내는 경우가 많습니다.
조직에서도 하는 일 없이 높은 자리에서 지시만 하는 듯 보이는 사람들도
대개는 햇병아리 시절에는 손발이 보이지 않을 정도로 분주하게 손발을 움직였습니다.
바이올리니스트나 피아니스트의 분주한 손처럼.

1. 익숙함에의 권유

낯선 곳으로의 여행

빅토르 위고는 "음악이란 말로는 표현할 수 없는, 그렇다고 침묵할 수도 없는 것을 표현한다"고 했습니다. 그의 말처럼 음악은 확실히 침묵과 웅변 사이에서 우리를 정서적으로 어딘가로 이끌고 가는, 그곳이 익숙한 곳이면 편안함을 느끼고 아주 낯선 곳이면 불편함을 느끼게 하는 것 같습니다.

노랫말이 없는 기악 클래식은 처음에 느끼는 생소함 때문에 어떤 낯선 곳으로 여행을 가는 느낌을 주기도 합니다. 그것이 좋을 때는 기대했던 여행이라 설레고 흥분되지만, 반대로 불안하고 불편한 여행이라고 느끼면 빨리 탈출하고 싶습니다.

클래식은 들으면 마냥 졸리는 음악 정도로 아는 사람도 베토벤의 '운명'이나 '영웅' 교향곡의 익숙한 선율이나 교과서에 나오는 대표적인 클래식 명곡의 선율은 기억합니다. 어디선가 이런 익숙한 음악이 나오면 마치 지휘자라도 된 듯이 손을 흔들어보거나 선율을 흥얼거린 경험은 있을 것입니다.

이처럼 귀에 익은 익숙한 멜로디는 '친숙함'으로 발전하고 나아가 '좋아함'까지 발전하는 경우가 많습니다. 대중가요도 중독성 강한 익숙한 멜로디 한 소절이 있느냐 없느냐가 히트를 좌우하는 요인이기도 합니다. 한국인이 가장 좋아하고 즐겨 듣는 곡 중 하나가 비발디의 바이올린 협주곡 〈사계〉입니다. 익숙한 선율이 반복적으로 나오는 경쾌한 〈봄〉부터 스산한 겨울바람이 연상되는 〈겨울〉까지 사계절의 느낌을 다채롭게 표현해 많은 이의 사랑을 받고 있습니다.

심지어 대중가요로도 응용되어 가수 이현우의 〈헤어진 다음날〉의 전주 부분에는 〈겨울〉 2악장이 사용되기도 했습니다. '익숙함'은 곧 '좋아함'의 출발이 아닐까요.

'명성'이라는 편견

에펠탑은 건설 당시 파리의 흉물이라고 많은 사람이 비웃었습니다. 음악으로 비유하자면 건축물 에펠탑은 귀스타브 에펠의 초연이 대실패작으로 남은 경우라 하겠습니다.

비제의 〈카르멘〉, 차이코프스키의 발레곡 〈백조의 호수〉와 같이 현재 많은 사랑을 받는 작품도 초연은 비참한 실패로 끝났습니다. 특정 분야의 정상에 선 많은 이들도 알고 보면 패자부활전 같은 치열한 과정을 딛고 살아남았습니다.

때로는 유명세가 선입견을 조장하기도 합니다. 피카소의 그림인지 모르고 처음 접한 사람이 그림을 보자마자 입체파의 거장이 나타났다고 환호성을 질렀을까요. 아닙니다. 이상한 작품이라고 거부감을 표하는 친구들이 더 많았습니다. 〈아비뇽의 처녀들〉을 처음 선보였을 때 시인 아폴리네르나 화가 브라크 같은 피카소의 친구들은 "이것은 너무 지나치지 않아?"라는 투의 반응을 보였다고 합니다.

우리는 자주 명성과 선입견이라는 거대한 괴물에 지배당합니다. 예술의 경우는 특히 예술가의 명성이라는 후광에 크게 영향받곤 합니다. 데뷔작의 경우 대개 호평과 혹평이 갈립니다. 걸작으로 남은 작품은 작가가 긴 호흡으로 예술혼을 불태워서 후세에 재평가받은 경우가 많습니다. 한 작가의 성장 과정과 인생 스토리를 인내를 가지고 지켜보는 것은 예술 감상의 또 다른 묘미가 아닐까요.

위대함의 실체

도대체 '위대함'의 실체는 무엇일까요? 익숙함인가요? 우리에게 감동을 주는 그 본질은 무엇인지 생각해봅니다. 혹시 베토벤이나 모차르트라는 거대한 이름의 아우라일까요? 음악학자 크리스티아네 테빙켈은 《음악회에 대해 궁금한 몇 가지》에서 이렇게 말했습니다.

∞ 독일의 음성의학 전문가 볼프람 자이트너는 "마리아 칼라스의 목소리를 아름답다고 할 수 있을까요. 그녀의 목소리는 너무 날카롭고 어떤 때는 목에서 탁한 소리가 섞여 나오는가 하면 비브라토가 너무 강해요. 그러나 난 칼라스의 목소리를 들으면 깊이 매혹되지요. 왜냐고요? 글쎄요 나도 그 이유를 모르겠어요"라고 말합니다.

마리아 칼라스의 거대한 아우라가 우리의 판단을 방해한다는 얘기인가요? 예술의 주관성은 다양한 해석에 열려 있지만, 마리아 칼라스 숭배자들은 서운할 수도 있겠습니다.

미국 남캘리포니아대학교 마케팅학과 조지프 누네스 교수는 팝송 인기곡의 흥행 비결을 규명해 화제를 모은 적이 있습니다. 누네스 교수는 1958~2012년까지 55년간 빌보드 차트 1위곡 1029곡을 분석한 결과, 가사가 제한된 어휘 속에서 단순 반복되는 경우가 상당히 많다는 것을 밝혔습니다.

이는 인간의 뇌가 적은 노력으로 많은 결과물을 얻으려는 속성이 있기 때문이라고 해석할 수 있습니다. 클래식 음악에서도 그렇습니다. 소나타 형식에서 제시부의 선율이 재현부에서 반복됨으로써 강력한 기억 환기 효과를 냅니다.

일반적으로 장르 불문하고 음악에서 중독성 강한 선율 몇 가지를 잘 배치하면 듣는 이의 기억에 오래 남는다고 합니다. 반복을 통해 뇌가 익숙함을 느끼고 그것이 어느 정도의 친근함과 호감으로 이어질 때 대중에게 사랑받는 곡이 될 가능성이 크겠지요.

우리 안의 음악 본능

음악을 들으면 기분이 좋아지는 현상에 대해서는 많은 뇌과학적 분석이 있습니다. 친숙한 음악을 들을 때 우리 뇌는 도파민 보상을 경험하며 뇌의 특정 부위가 활성화됩니다. 맛있는 음식 앞에서 침이 나오는 것처럼, 원하는 것을 얻을 때 우리 뇌에서는 도파민이 분비되고 이는 좋아하는 음악을 들을 때도 그렇다는 것입니다. 익숙함과 생소함이 교차하는 세상에서 편안하게 하는 익숙한 멜로디와 클래식은 분명 삶에 위안을 줍니다.

인간의 뇌는 효율성을 추구하는 쪽으로 몸에 명령을 내립니다. 행동과학자 션 영에 따르면, 우리 몸은 어떤 행위를 할 때 최소한의 노력과 생각만을 투자할 수 있도록 설계됐다고 합니다. 션 영은 무언가를 반복적으로 듣거나 냄새를 맡으면 뇌는 이 정보를 저장한다고 합니다. 그러면 의식적으로 생각하지 않아도 그것을 재빨리 인식하고 떠올리는 것이죠. 출근길을 동일한 방식으로 가는 행위나 같은 사람과 반복적으로 교류하면 뇌 또한 이 정보를 저장하고 이를 편하게 인식한다는 것입니다.

음악 감상도 이와 마찬가지로, 대개 좋아하는 레퍼토리의 범위가 한정돼 있습니다. 예술 본능은 누구에게나 있고, 반복되는 '루틴'이 우리의 예술적 취향을 만든다고 봅니다.

제인 스탠들리 박사가 지난 2000년에 한 실험을 하나 소개합니다. 스탠들리 박사는 모유를 먹는 것에 어려움을 겪는 미숙아들을 돕는 데 자장가를 이용했습니다. 임신 34주 이전에 태어난 아기는 모유를 잘 빨지 못해 튜브를 사용해 먹인다는 데 착안한 것이지요. 스탠들리 박사는 자장가가 나오는 고무 젖꼭지를 개발해 그것을 빨 때에만 음악이 나오게 하고, 빨지 않을 때는 음악을 멈추게 만들었습니다. 아기들이 음악이 나오는 젖꼭지를 계속 빠는 것을 보고 아기들이 본능적으로 음악을 좋아한다는 것을 관찰했습니다.

이 실험으로 인간은 음악에 대해 어떤 학습을 한 적도 없지만 선천적으로 훌륭한 감상자의 자질을 가졌다는 것을 알 수 있습니다. 이미 뱃속에서 태교와 관련된 어떤 소리들을 잘 듣고 있었는지 모릅니다.

그것이 부부간의 말다툼 소리든 모차르트의 음악이든, 어떤 소리가 태아에게 전달된다는 개연성은 있는 것이지요. '모차르트 이펙트'를 둘러싼 논란은 많지만, 인간에게 음악 본능이 있다는 것이 어느 정도는 사실로 보입니다.

나를 울린 사랑의 아리아

오페라는 길지만, 대표적인 아리아의 선율은 짧습니다. 비록 짧아도 아리아 선율은 뇌리에 깊이 각인되어 긴 여운을 남기며 크고 작은 무대에서 자주 연주되곤 합니다. 공개 오디션이나 음악 경연 프로그램에서 성악 지망생들은 우리에게 익숙한 아리아를 많이 부릅니다. 대표적인 아리아 몇 곡을 들어보면 그 선율에 마음을 빼앗 길지도 모릅니다.

도니제티의 오페라 〈사랑의 묘약〉 중에 나오는 〈남 몰래 흐르는 눈물〉은 주인공 네모리노가 부르는 아리아로, 테너 파바로티의 절창에 가슴이 아프지 않거나 눈시울을 붉히지 않을 수 있을까요.

푸치니의 〈나비 부인〉에 나오는 아리아 〈어느 갠 날〉은 일본 나가사키에 주둔한 미 해군 중위와 사랑을 나눈 게이샤 초초상이 본국으로 돌아간 그를 향한 그리움과 절절함을 노래한 아리아입니다.

역시 푸치니의 오페라 〈토스카〉 3막에 나오는 〈별은 빛나건만〉은 화가 카바라도시가 연인 토스카와의 추억을 회상하며 부르는 테너의 아리아입니다. 속삭임 같은 음으로 시작해 격렬한 감정을 이끄는 선율을 만들어낸 거장 푸치니의 진면목을 엿볼 수 있습니다.

프랑스 작곡가 생상스의 오페라 〈삼손과 데릴라〉의 〈그대 음성에 내 마음 열리고〉는 2막에서 데릴라가 삼손을 향해 부르는 아리아입니다. 마라아 칼라스 같은 여성 소프라노의 음성에 마음이 열리지 않을 남성도 많지 않을 것입니다.

이렇게 사랑하는 이들의 절절한 마음을 노래한 아리아는 예술의 존재 이유에 대해 그 어떤 거대한 논리보다 큰 울림을 줍니다.

별을 바라보던 빛바랜 우정

음악의 취향 앞에서 만인은 평등합니다. 적어도 평등해야만 할 것입니다. 음악의 하고많은 다양한 장르를 두고 클래식을 좋아한다면 우선 교양과 품위, 고상함을 연상할 수도 있습니다. 아무리 그까짓 클래식 어쩌다 보니 좋아하게 됐다고 해도 그 심층 심리에는 그런 것이 전혀 없었다고 할 수 있을까 생각해봅니다.

'나 이런 고상하고 우아한 음악을 아는데 넌 모르지?' 같은 우쭐함을 느꼈던 시절이 있었습니다.

대학 시절 평소 도서관과 그리 친하지도 않았지만, 시험공부랍시고 한다며 근질근질한 청춘의 용광로가 들어 있었던 몸을 간신히 도서관에 앉혔던 시절이 그립습니다. 그때 늦게까지 공부하고 함께 밤하늘의 별을 보고 나서던 친구가 있었습니다.

틈틈이 내 짧은 클래식 지식을 줄줄이 친구 앞에 늘어놓으면 그 친구는 그따위 부르주아 음악 지식 집어치우고 막걸리집에 가서 우리 가요나 실컷 부르고 집에 가자며 껄껄 웃었던 기억이 새롭습니다.

돈이 없으면 외상으로 하고, 과외 아르바이트한 용돈 언제고 받아서 주면 된다며 누가 먼저랄 것도 없이 팔을 잡아 끌고 그 단골집에 가서 출출함을 달래고 청춘의 용광로를 잠시 식혔던 것입니다.

고시 합격자 명단에 이름이 끝내 없었던 그 친구는 지금 어디서 뭘 하고 있는지 소식이 궁금합니다. 밤하늘에 별은 빛나건만 친구의 소식은 알 길이 없습니다.

죽음을 예고하고 위로하는 익숙한 선율

미완성이지만 완성도가 높은 푸치니 최고의 오페라 중 하나가 〈투란도트〉입니다. 푸치니의 〈투란도트〉 중 류의 아리아 〈얼음 같은 공주님의 마음도〉는 칼리프 왕자가 부르는 〈네순 도르마〉(공주는 잠 못 이루고)만큼 클래식 팬들에게 알려진 애창곡이나 애청곡은 아닙니다. 그렇지만 들어보면 하녀 류의 애절한 호소의 선율에 마음을 빼앗길 것입니다. 얼음장 같은 투란도트 공주의 마음을 녹이려고 부르는 아리아, 그러나 류 자신은 짝사랑하는 칼리프 왕자를 향해 애만 태우다 이 아리아를 부르고 자결하고 맙니다.

마스카니의 오페라 〈카발레리아 루스티카나〉 중 〈간주곡〉은 영화 〈대부〉에서 마이클 콜레오네가 악의 왕국을 구축하고 승승장구하던 중, 딸이 상대방 세력의 흉탄에 맞아 피 흘리며 죽을 때 사용된 배경음악입니다. 알 파치노의 명연기와 함께 딸을 잃은 아빠의 처연한 슬픔을 이보다 더 잘 표현한 음악은 없어 보입니다.

익숙한 4대 바이올린 협주곡 감상

바이올린은 바이올린족 악기 중 가장 대표적인 현악기일 뿐 아니라 한국이 자랑하는 정경화나 사라 장, 이츠하크 펄먼, 핀커스 주커만 같은 연주자들의 천재성이 빛나는 악기입니다. 또한 파가니니, 예후디 메뉴인 같은 전설적인 연주자가 가장 많은 악기이기도 합니다.

바이올린은 오케스트라의 풍부한 음량과 함께 감상할 때 선율의 묘미를 느낄 수 있기에 협주곡을 추천합니다. 흔히 세계 4대 바이올린 협주곡으로 베토벤, 브람스, 차이코프스키, 멘델스존의 곡을 칩니다. 이외에도 바이올린 연주자였지만, 무대공포증 탓에 지휘로 전향한 시벨리우스의 협주곡도 바이올린의 개성을 한껏 살린 멋진 곡이고, 모차르트 〈바이올린 협주곡 3번〉 또한 경쾌한 선율이 모차르트의 천재성을 잘 보여줍니다.

남몰래 흐르는 눈물 (오페라 아리아)

젊은 농부 청년 네모리노와 농장주의 딸 아디나의
이루어질 수 없는 사랑을 담은 오페라가 도니제티의 〈사랑의 묘약〉입니다.
사랑하는 여인을 떠나 보내야 하는 운명 앞에서 남 몰래 흐르는 눈물을 닦아내는
남자의 마음을 담은 아리아입니다. 특히 이 아리아는 대타 출연으로
깜짝 스타가 된 파바로티의 출세작이기도 합니다.
이룰 수 없는 사랑에 아파하는 사나이의 찢어지는 가슴을 더없이
잘 표현했기에 많은 이의 사랑을 받고 있습니다.

남몰래 흐르는 눈물 (첼로 연주)

예술의 쓸모는 기계적인 정답 대신 어떤 것에 대해
풍부한 상상력과 해석의 힘을 주는 것이 아닐까 합니다.
이런 상상을 해봅니다.
만약 젊은 파바로티의 음성으로 〈남몰래 흐르는 눈물〉을
상대 여인이 들었다면 그 심정은 어땠을까요.
첼리스트 카미유 토마스처럼 첼로를 멋지게 연주할 수 있었다면
아마도 이런 표정과 연주로 답하지 않았을까 합니다.
토마스와 친구들의 〈남몰래 흐르는 눈물〉 첼로 연주 또한
색다른 감흥을 줄 것입니다.

카발레리아 루스티카나 간주곡

영화 〈대부〉에서 주인공 마이클 콜레오네가
악의 왕국을 구축하고 승승장구하던 중
딸이 상대 세력의 총격에 죽어갈 때 흐르는 배경음악입니다.
알 파치노의 명연기와 함께
딸을 잃은 아빠의 처연한 슬픔을 표현하기에
제격이었습니다.

2. 내 귀에서 완성되는 클래식

예술을 위한 수고로움

예술을 즐기기 위해서는 아름다움을 느낄 수 있도록 훈련해서 안목을 길러야 합니다. 안목을 기르기 위해서는 최소한의 교육도 필요하겠지만 스스로 심미안을 키우기 위한 훈련, 아니 훈련까지는 아니더라도 관련 서적을 읽거나 작품을 감상하는 등 방식은 다양합니다.

아주 작은 수고로움도 없이 거저 주어지는 것은 드물겠지요. 피아노나 바이올린 연주처럼 오랜 숙련 기간이 필요한 악기를 다뤄본 사람들은 느낄 것입니다. 중도에 포기하고 싶은 유혹이나 고비를 넘지 않고서는 그 선율을 스스로 즐길 수 있는 경지는 결코 쉽게 오지 않는다는 것을.

선진국의 지표는 '1인당 소득 몇만 달러' 같은 게 아니라, 문화를 향유하는 마음의 여유와 타문화를 이해할 수 있는 준비가 되어 있는가 여부 아닐까요. 그런 면에서 프랑스인들이 선진국 시민의 기준으로, 악기를 하나쯤 다룰 줄 아는가, 외국어를 하나쯤 구사할 수 있는가를 보는 것은 지극히 합리적으로 보입니다.

음악 감상의 오감

음악의 본질은 항상 그대로지만 우리의 귀와 감정은 수많은 변덕을 부립니다. 음악은 귀로 듣지만 연주회장에서는 시각적인 즐거움도 다소 느낄 수 있습니다. 또한 함께 감상하는 사람이라든지 주변 여건에 따라 음악의 얼굴은 여러 가지로 바뀝니다.

세계적인 마에스트로가 코앞에서 머리카락을 휘날리며 지휘대 위에서 음악을 빚어내는 모습을 보면 그 아우라 때문인지 감동의 크기가 더 커지는 것 같습니다.

LP판이나 CD 같은 기계장치와 감상 수단에 따라서, 아늑한 거실에 앉아 세상에서 가장 편한 자세로 듣느냐 또는 음악 감상 전문 카페에서 동호인들과 함께 듣느냐에 따라서도 느낌이 달라집니다.

손으로 만지는 느낌까지 알 수는 없지만 조성진의 경쾌한 터치, 백건우의 묵직한 울림을 주는 터치 등 치는 사람에 따라 들려오는 느낌은 저마다 다릅니다. 건반악기인 피아노의 경우 타건의 느낌은 귀로 듣고 촉감으로 상상할 수 있습니다. 그래서인지 어떤 이는 피아노도 일종의 타악기로 분류할 수 있다고 말합니다.

그런가 하면 현악기인 첼로는 어떤가요? 파블로 카잘스의 연주 음반을 들을 때는 편안한 한지 같은 질감이 느껴지는가 하면, 요요 마나 젊은 첼리스트의 연주에서는 매끈한 포장지 같은 질감을 느 낍니다. 이처럼 같은 곡을 연주해도 모두 다른 느낌을 줍니다.

제비처럼 날렵하고 매끈한 권혁주의 바이올린 연주를 코앞에서 들은 적이 있습니다. 클래식의 엄숙함과 무거움에 저항하는 듯, 귀 걸이를 한 발랄한 외모도 인상 깊었습니다. 그 청년이 짧은 생을 마쳤다는 소식을 들었을 때 새뮤얼 바버의 〈현을 위한 아다지오〉 보다는 비발디의 〈사계〉 가운데 〈여름〉의 폭풍 속 천둥소리 같은 바이올린 선율이 들렸습니다.

관객이 있어야 존재하는 예술

슈베르트의 〈미완성 교향곡〉이나 〈모나리자〉의 눈썹도 우리의 오 감으로 그것을 받아들이기 전까지는 '예술 그 자체'로 의미를 부여 받을 수 없습니다. 이름을 불러주어야 비로소 꽃이 되는 것입니다. 음악은 듣는 이가 있어야 하고 미술은 보는 이가 있어야 합니다. 모든 예술에는 그것을 받아들이고 감상하는 사람이 있어야 비로 소 하나의 작품이 완성된다고 하겠습니다.

클래식 음악으로 돈을 버는 사람, 돈을 쓰는 사람, 그냥 즐기는 사람, 이 모두가 클래식이란 음악 장르가 존재 가치를 가지도록 만 드는 구성 요소들입니다. 축구 경기도 관객이 있어야 선수들이 설 자리가 있듯이 클래식 음악가들도 관객이 있어야 존재의 의미가 있는 거겠지요.

많은 돈과 노력을 쏟아부은 작품이 사람들의 외면을 받지 않으려면 어떻게 하면 제대로 즐길 수 있는지를 안내해주는 노력이 절실합니다. 그래서 공연 기획자들은 클래식을 더 많이 소비하게 하는 방법을 부단히 찾고 다양한 기획 무대를 선 보입니다.

클래식 역사에서 가장 많은 음반이 팔린 기획은 루치아노 파바로티, 플라시도 도밍고, 호세 카레라스의 소위 '쓰리 테너 프로젝트'일 것입니다. 특히 1990년 이탈리아 월드컵 결승전 전야제로 펼쳐진 아레나 공연은 클래식 대중화의 하나의 이정표가 되었습니다. 1회 공연에 수만 명이 관람한 이 공연은 이후 1994년에도 미국 월드컵 등 주요 스포츠 이벤트의 전야제 형식으로 대형 경기장에서 진행되었습니다.

이후 이들 쓰리 테너 공연은 흥행 보증수표가 되었고, 계속 대형 공연으로 기획되어 호평도 받았지만, 사실 악평도 만만치 않았습니다. 클래식 순수주의자들은 오페라 음악을 망치는 천박한 사람들이라고 공격하기도 했습니다.

그럼에도 불구하고 라이벌이었던 플라시도 도밍고와 루치아노 파바로티는 백혈병을 이기고 돌아온 호세 카레라스에게 힘을 주기 위해 무대에 함께 섰습니다. 이렇게 쓰리 테너가 로마 아레나 무대에 팔짱을 끼고 함께 오른 것은 클래식 음악사에서 흥미로운 사건임이 분명합니다.

2시간 노동에 100만 달러씩이라는 썩 괜찮은 조건에 3명이 무대에 서기 전 언론은 겉만 번드르르한 쇼에 불과하다고 대놓고 무시했습니다. 그러나 결과는 대박이었습니다. 음반이 1400만 장이나 팔리며 클래식 음반 판매고의 역사를 바꾸었습니다.

그 후일담도 흥미롭습니다. 파바로티가 나중에 그의 매니저 회고록을 통해 100만 달러를 추가로 받았음이 확인되자, 음반사 '데카'에 크게 분노한 도밍고와 카레라스는 다른 음반사 워너브라더스에 판권을 넘기고 나서 1994년 미국 월드컵 무대에 섰습니다. 1600만 달러에 권리를 산 워너브라더스는 600만 장 정도인 손익분기점을 넘겨 800만 장의 CD 판매고를 올렸습니다. 파바로티도 고액 개런티 논란에 대해 내가 팝가수만큼 받지 말아야 할 이유를 말해보라고 당당하게 되물었습니다.

클래식 음악사에서 관객 확보와 클래식 확산에 가장 의미 있는 사람으로 카라얀을 빼놓을 수 없습니다. 그는 카리스마 넘치는 얼굴에 은발을 휘날리며 눈을 지그시 감은 사진이 널리 알려진 인상적인 마에스트로입니다.

카라얀의 조국 오스트리아에서는 이미 살아 있을 당시에 대통령보다 유명인이었을 뿐 아니라, 세계에서 가장 강력한 클래식 브랜드의 하나가 되었습니다. 미디어의 역할과 확산성을 잘 알고 있던 그는 이를 활용해 베를린 필의 재정에 기여함은 물론 스스로의 브랜드 가치를 높였습니다.

음반 녹음으로 거액의 수입을 챙겼으며 제트 비행기와 명품 차를 소유하고 유산으로 5억 달러 이상의 거액을 남겼습니다. 안네 조피 무터, 조수미 같은 신인 음악가를 발굴해 자신의 무대에 세움으로써 스타가 되는 발판을 제공하기도 했습니다.

비록 '나치 협력'이라는 그림자가 있긴 하지만 카라얀이 클래식 음악의 확산에 기여한 공로는 정치와 분리해서 살펴볼 필요가 있지 않을까요.

TV 중계 확산, 절정기에 이른 LP 음반 판매고 같은 기술 변화와 상업적 효과를 아주 잘 활용함으로써, 카라얀은 클래식 세계의 거인으로 우뚝 섰습니다. 잘 짜여진 구도의 화면에 클로즈업되어 비치는 단신의 그는 말 그대로 거인의 모습이었습니다.

클래식 음악이 전반적으로 흥행이 힘들고 뮤지컬이나 화려한 볼거리들이 클래식 기획자들을 위축시키는 요즘에 비하면 클래식 전성시대를 풍미했다고 하겠습니다.

대형 음반사와 대중의 기호를 정확히 파고들었던 카라얀도 이제 추억의 앨범으로 잊혀져갑니다. 현재도 클래식 음악 기획자들은 다양한 방식으로 젊은 팬을 확보하기 위해 안간힘을 쓰고 있지만, 카라얀 시대의 영광은 쉽지 않을 듯합니다.

감상의 공식

베를린 필의 지휘자였던 푸르트뱅글러는 클래식 음악은 하나의 곡 전체가 유기적으로 연결돼 있어서 악장과 악장 사이에 박수는 금지되어야 한다고 했습니다.

모차르트와 베토벤 시대에는 악장 사이는 물론 감동적인 대목에서 갑자기 박수가 터져나와도 제재하기는커녕 팝스타 공연처럼 장려했습니다. 모차르트는 그런 관중의 반응이 좋다고 하기도 했습니다.

콘서트홀에 직접 가서 하는 음악 감상의 양태도 다양합니다. 팝음악 콘서트처럼 형광봉을 들고 발을 구르고 목이 터져라 소리치는 것부터 클래식의 엄숙주의적인 감상까지 어떤 것이 반드시 정답이라고 할 수는 없을 것입니다.

시대 변화에 따라 감상 양식은 장르의 성격이나 연주자의 요구를 반영할 수 있겠지만 관객이 음악을 충분히 즐기는 것이 최선의 가치가 아닐까요. 시대 흐름과 향수 방식의 변화를 감안한 다양한 기획으로 관객에게 다가가려는 노력은 계속되어야겠습니다. 내용만큼이나 전달 형식도 중요하니까요.

클래식이 태동할 당시에는 정숙한 분위기의 콘서트홀이 아니었습니다. 서로가 잘 차려입고 옷맵시도 자랑하고 담소도 나누고, 술도 한잔 곁들이는 다소 시끌벅적한 분위기였다고 합니다.

영국의 대형 축구장인 웸블리 구장을 열광의 도가니로 만들었던 그룹 퀸과 그 음악 세계를 다룬 영화 〈보헤미안 랩소디〉가 2018년 말부터 2019년 초까지 한국의 겨울을 떠들썩하게 했습니다.

프레디 머큐리의 '에오' 같은 호응 코드를 이끌어내기에는 장르의 한계가 있을 테지만, 소통을 위한 몸부림은 어떤 장르의 예술을 불문하고 프레디 머큐리보다 더 처절해야 하지 않을까요.

작곡가들의 숨은 이야기

클래식 음악사는 흥미로운 스토리의 보고이기도 합니다. 모차르트가 프리메이슨이었어? 차이코프스키는 동성연애자였다고? 슈베르트가 몹쓸 성병에 걸려서 죽었어? 베토벤에게 불멸의 연인은 도대체 누구지?

이런 궁금증에 대한 답도 클래식 음악사는 말해주고 있습니다. 〈마술피리〉의 형식이나 내용에 프리메이슨이 좋아하는 코드가 들어가 있고, 베토벤의 〈교향곡 3번〉 '영웅'은 나폴레옹에게 헌정하려는 의도로 작곡했다는 식의 이야기는 무궁무진합니다.

〈교향곡 5번〉 '운명'의 처음에 나오는 '빠바바바~' 하는 소리를 운명이 문을 두드리는 소리로 생각할 수도 있습니다. 또는 당시 베토벤은 경제적인 궁핍에 시달렸기에 밀린 집세를 받으려고 집주인이 그의 방문을 두드리는 소리는 아니었을까요?

후세 사람들은 베토벤의 작곡 배경이나 대부분의 주변 지식을 그의 비서격이었던 안톤 쉰들러의 증언과 기록에 의존해 이해하고 있습니다. 그러나 이런 내용들이 쉰들러의 상업적 잇속으로 왜곡되거나 미화된 측면이 많다는 음악학자들의 주장도 있습니다. 불완전한 기록에 의지한 해석은 언제나 제각각일 수 있겠지요.

클래식 음악사에 숨은 무궁무진한 이야기들은 책으로 또 영화로 풍부하게 소개되고 있습니다. 이런 작곡가의 삶을 추적해보는 것도 클래식을 이해하는 또 다른 재미가 아닐까요.

음악, 그 넓은 표현의 세계

일반적으로 언어는 우리의 생각을 가장 세밀하고 완벽하게 표현하는 도구로 정의할 수 있습니다. 그런데 예술의 경우 우리의 감정을 표현한다는 면에서는 언어와 같지만, 표현 방식이 보편적이지 않아서 감상자의 배경지식이나 예술가의 의도에 따라 감정과 전달 의미는 상당히 달라질 수 있습니다.

음악은 작곡가가 리듬이나 선율을 통해 감정을 전달하지만 듣는 사람은 천차만별로 느끼고, 회화에서도 추상화의 세계는 무궁무진한 해석을 낳습니다. 예술가 스스로도 구체적 의도를 밝히지 않고 해석에 맡긴다고도 합니다.

음악학자 데이비드 랜돌프는 저서《음악이 보인다 클래식이 들린다》에서 이렇게 말합니다.

∞ 어떤 의미에서 우리의 감정은 언어로 표현할 수 없는 부분이 많다는 사실을 인정해야 할 것입니다. 언어를 이루는 단어들은 물론 여러 가지 해석이 가능하고 뉘앙스도 풍부할 수 있지만 결국 한정된 의미를 지닙니다. 우리의 감정은 이렇게 단어처럼 분명한 의미를 갖고 있지 못합니다. 우리는 생각할 때 언어를 가지고 생각하는 것이지 감정을 가지고 생각할 수는 없습니다. 이것은 언어가 특정한 의미를 가지고 있다는 사실에 있습니다. 그러나 감정의 '모양이나 형식'은 언어의 모습과 판이합니다. 언어를 통해 생각하는 데 하도 익숙해져

서, 우리는 어떤 감정을 언어로 묘사한 것이 그 감정과 같은 것이라는 오해를 자주 하지만 이것도 사실과는 다릅니다.

언어의 경우, 한국어나 영어를 비롯 다양한 외국어 모두 단지 소리만으로는 감정을 나타낼 수 없습니다. 이에 반해, 음악은 하나의 약속된 기호이기에 사용하는 언어를 넘어 감정 표현이 어느 정도 가능합니다. 알비노니의 〈아다지오〉가 슬픈 분위기를 나타낸다는 것은 쉽게 알아차릴 수 있지만, 아랍어로 "나는 지금 무지 슬프다" 하면 그 언어를 모르는 사람은 전혀 알아채지 못합니다. 물론 이탈리아 가곡의 가사를 모르면 감상이 약간 곤란할 수도 있지만, 관현악 연주는 '즐거움' '괴로움' '행복' '슬픔' 같은 감정을 만국 공통 언어로 표현할 수 있습니다. 그렇다고 음악이 언어가 표현하지 못하는 인간 감정의 영역을 총망라할 수는 없을 것입니다.

오히려 인간의 감정과 관계 없이도 어떤 심미적인 것을 추구하고 표현하는 경우가 많습니다. 예를 들면 베토벤 〈교향곡 7번〉 4악장의 흥겹고 경쾌한 선율을 들으면 인간 세계에 그것과 유사하거나 동일한 감정이 존재한다고 단정할 수 없을 것입니다. 규정된 어휘에 의존하는 언어보다는 음악이 어떤 면에서는 감정 표현의 범위가 넓다고도 할 수 있습니다.

음악과 IQ

행복해서 웃는 건가요, 아니면 웃어서 행복한가요? 웃음과 행복은 상호작용한다는 것을 다양한 과학적 실험이 보여줍니다. 웃음과 행복의 관계처럼 IQ와 음악 수업의 관계도 양방향으로 작용한다는 점이 실험으로 증명되었습니다. 똑똑한 아이들이 음악 수업을 더 많이 받는 경향이 있지만, 음악 수업을 받은 아이들이 더 똑똑해지는 면도 있기 때문입니다.

모차르트 음악의 쾌활한 장조를 듣고 특정한 퍼즐을 풀게 하면 그렇지 않은 그룹보다 더 잘 푸는 경향이 있다는 실험 결과가 있습니다. 1993년 프란시스 라우셔가 이끄는 심리학자 팀이 과학 저널 《네이처》에 발표한 〈음악과 공간 추리력〉이라는 논문의 결과가 이를 증명했습니다. 그런데 이는 지적으로 긍정적인 자극이 주는 효과를 보여주기 위한 것으로, 이것을 전반적인 지능을 높이는 결과로 단정하기는 어렵습니다.

IQ를 좋아지게 하니까 태교음악으로 그만이라는 식의 맹신보다는 일상에서 음악을 즐기는 여유를 가지는 게 훨씬 좋을 것 같습니다. 이런 여유는 뇌에 휴식을 주어서 생산성과 창의력을 높이는 효과가 있겠지요. 이것이야말로 명백한 클래식의 효용 아닐까요. 물론 즐기는 사람의 취향에 따라서 다른 장르의 음악도 마찬가지겠지만요.

소리의 유혹

최근 음악이 우리 뇌에 어떤 영향을 미치는지에 관한 활발한 연구가 진행되고 있습니다. 이는 심리학, 사회학, 신경과학까지 아우르는 방대한 영역입니다. 진화론적으로도 우리 인류는 음악을 떠나서 살 수 없었습니다. 음악이 개인의 정신적 평온을 목적으로 하든 집단의 결속을 목적으로 하든 인류는 결코 음악을 떠나서는 살 수 없었습니다.

인간이란 종 자체가 음악을 빼놓고 생각할 수 없을 정도로 음악을 통해 미적 감각을 표현하려는 속성이 있는 것 같습니다. 여성들은 기타 케이스를 든 사람만 봐도 마음이 설레었던 추억이 있을 겁니다. 어떤 과학자는 소리가 동물은 물론 인간이 이성을 매혹하는 유력한 수단이라는 증거를 속속 제시하고 있습니다. 가수 중에 유난히 바람둥이가 많다는 것도 이런 증거의 하나라고 말할 수 있을까요. 그만큼 음악은 이성에게도 매력을 발산하는 요소가 있다고 하겠습니다.

마트에서 쇼핑할 때, 음식점에서 식사할 때 배경음악이 구매와 식욕에 영향을 미친다는 사실은 이미 마케팅 분야에서 여러 각도로 활용되고 있습니다. 사람이 많은 혼잡한 식당에서 빠른 템포의 음악으로 빠른 회전을 유도하고, 고급 레스토랑에서 잔잔한 클래식 음악으로 여유 있는 식사 분위기를 조성하는 것도 과학적인 근거를 바탕으로 한다는 것은 이미 상식이 되었습니다.

관객의 재발견

2019년 겨울에 출현한 코로나19 바이러스가 전 세계를 마비시키다시피 하며 각 분야에 심각한 피해를 안겼습니다. 관객과 함께해야만 가치를 인정받을 수 있는 예술 분야의 활동도 상당히 위축되었습니다.

스포츠는 물론이고 전시, 공연 모든 분야에서 새삼 예술의 존재 의미에 대해 생각하는 계기가 되었습니다. 좋은 예술 작품을 완성하는 것은 예술가 혼자만의 힘으로는 안 됩니다. 예술품을 알아보는 관객이 있어야 하지요.

콘서트에 열광하는 관객, 회화 작품을 알아보고 엄청난 금액을 지불하는 컬렉터가 있어야 예술가들이 활동할 수 있는 경제적 기반이 마련되는 것이니까요.

팝스타 마돈나는 프리다 칼로의 컬렉터로 알려져 있습니다. 마돈나는 출산의 고통을 낭자한 혈흔으로 묘사한 칼로의 작품 〈나의 탄생〉을 집 현관에 걸어두고 있습니다. 마돈나는 이렇게 방문객이 자신을 보러 오면 불편할 수 있는 통과의례를 치르게 만든다고 합니다. 아마도 프리다 칼로나 자신 같은 예술가에 대한 경배를 이런 방식으로 유도하지 않았나 싶습니다.

배우 레오나르도 디카프리오가 미술품 컬렉터가 된 배경도 재미있습니다. 디카프리오의 어머니가 레오나르도 다빈치 그림을 볼 때, 어머니 뱃속에서 디카프리오가 발길질을 했다는 사실을 전해 들은 아빠가 '레오나르도'라는 이름을 지었다는 에피소드가 있습니다. 이런 내력을 알아서였을까요? 스타가 된 뒤 디카프리오는 재력을 기반으로 미술품 컬렉터로서의 명성도 쌓았습니다. 디카프리오 같은 부유한 저명인사들이 미술품 컬렉터로서 자신의 안목을 성장시키는 만큼, 특정 작가를 그 작품과 시장에서 성장시키는 선순환의 후원 모델이 바람직한 경우라 하겠습니다.

이렇게 회화 분야에서는 재력을 바탕으로 한 전문 컬렉터들이 사들이는 중견작가들의 소위 메이저리그도 있지만, 작고 알찬 전시회들도 많습니다. 창작욕은 있지만, 전시 공간을 찾기 만만치 않고 호주머니가 가벼운 젊은 예술가 발굴을 위한 전시도, 직장생활을 마치고 뒤늦게 예술혼을 불태우는 무명 화가들의 전시도 다양한 갤러리에서 기획되고 있습니다.

이런 다양한 기획 전시는 일반인과 회화예술 간의 막연한 거리감을 없애거나 상당히 줄여줍니다. 호주머니가 가벼운 사람들도 100만~500만 원 정도의 소품으로 미술품 컬렉팅을 시작해 회화 작품을 보는 안목을 키울 수 있습니다. 그런 사람들이 하나 둘 늘어난다면 가난한 예술가들에게도 도움이 될 것입니다. 이런 현상은 음악은 물론 다른 예술 분야에서도 예술가와 수용자의 상호작용을 통해 예술 생태계를 건강하게 만들 것입니다.

마음의 '빈 서판'에 어떤 소리를 담을 것인가

타불라 라사TABULA RASA, 즉 '빈 서판'이라는 개념은 존 로크가 주창한 인식론에서 나온, "갓 태어난 인간은 백지 상태와 같고 거기에 경험이라는 침전물이 쌓여서 인식 체계가 형성된다"는 이론입니다.

예술 작품을 감상할 때도 얼마간은 이런 인식 태도가 필요할 듯합니다. 인간은 선입견과 브랜드 해석자라는 연주자의 권위에서 완전히 자유로울 수 없는 존재입니다. 그래서 걸작이고 대작이고 명작이라는 아우라에 우리의 인식은 쉽게 굴복하는 경우가 많습니다.

물론 다수가 그렇게 느끼고 객관적인 시각에 의해 검증되었다고 볼 수 있는 작품도 있습니다. 그러나 많은 경우 당대에는 초연이 처참하게 실패하기도 하고, 고흐의 그림처럼 생전에 갈채를 받지 못하다가 후일에 빛을 발하는 작품들도 엄청나게 많습니다.

가끔 콘서트홀이나 영화관, 미술관에 갈 때 안내 팸플릿을 지나치거나 집어넣었다가 나중에 보곤 합니다. 선입견의 포로가 되어 또는 의미와 해석의 노예가 되어 감상의 재미를 놓치고 싶지 않기 때문입니다. 감상 환경이나 심리 상태에 따라 같은 콘텐츠도 해석의 지평이 엄청나게 넓어질 것입니다.

내 영혼을 어루만진 고마운 친구

〈베토벤의 생애〉를 쓴 프랑스의 문호 로맹 롤랑은 생의 허무함을 느낀 위기 속에 내면에서 삶의 불꽃을 점화해준 것이 바로 베토벤의 음악이었다고 했습니다. 내 청춘 시절의 경우는 반대라고 할 수 있습니다. 어디로 튈지도 모르는 청춘의 위험한 불덩어리를 가슴에 품고 살 때 클래식 음악은 내면의 불꽃을 차분히 가라앉혀주었습니다.

베토벤의 음악뿐만 아니라 많은 클래식 선율은 인생에서 정리하고 차분히 생각할 여유를 안겨주었습니다. 고독의 심연에서 허우적거리거나 인생의 허무를 마주하며 방황할 때 조용히 귓가에 다가왔던 고마운 친구의 이름이 '클래식'이었습니다.

라흐마니노프, 피아노 협주곡 2번

라흐마니노프도 한때 4년 정도 악상이 떠오르지도 않고
도무지 작곡 인생을 이어갈 자신이 없어서
슬럼프에 빠져 있었습니다. 그때 만난 한 점성술사가
"당신이 다음에 작곡할 곡은 세계인의 사랑을 받을 것"이라고
한 말에 자신감을 얻어서 신들린 듯 작곡한 곡이
이 〈피아노 협주곡 2번〉입니다.
한국인의 클래식 애청곡 리스트 꼭대기 어딘가를
차지할 정도로 사랑받는 피아노 협주곡의 명곡이기도 합니다.
러시아의 광활한 영토를 떠올리게 하는 웅대한 스케일,
라흐마니노프가 그 거대한 손으로
건반을 두드리는 모습이 연상됩니다.

3. 의미와 엄숙의 갑옷을 벗고

문화로서의 음악

음악학자 마샤 헌던Marcia A. Herndon은 저서《문화로서의 음악Music as Culture》에서 "음악이란 생물학적이자 문화적으로 꼴을 갖춘 패턴화된 소리"라고 했습니다.

세상에 많은 소리가 있고, 그 소리를 악보에 담아 다듬어낸 많은 음악가가 있습니다. 이런 음악을 소비하는 사람들의 취향도 가지각색입니다. 오선지에 음악이 들어 있다고 볼 수도 있습니다. 그것을 연주자가 해석해 연주하는 음악이 관객이 느끼는 음악으로 변합니다. 그런데 같은 소리일지라도 관객에 따라 제각각으로 느낍니다. 이런 음악에서 의미를 찾는다는 것은 우리 뇌의 디폴트 값처럼 본능적인 것 아닐까 싶습니다.

"〈아름다운 물방앗간의 아가씨〉는 누가 지었을까요?" 같은 질문에 척척 답해야(가끔 슈베르트인지 슈만인지 헷갈립니다) 클래식에 대해 좀 아는 사람으로 대접받는다는 식의 생각은 결코 바람직해

보이지 않습니다. 이런 것도 주입식 암기 위주의 교육에 찌든 사고 방식이 낳은 건 아닐까요.

제발 예술 영역에서만이라도 의미와 정답을 찾는 해석이라는 답답한 감옥에서 벗어날 수는 없을까요? 단순히 느낌으로 좋아하면 그만 아닌가요? 그 많은 클래식 곡목을 전부 기억할 수도 없는 일입니다. 또한 특정 곡의 배경지식 없이 감상해도 됩니다. 우리가 전부 클래식 전문가일 필요는 없기 때문입니다.

데이비드 랜돌프는 "표제음악에 대한 엉터리 해석"에 경종을 울립니다. 베를리오즈의 〈환상교향곡〉은 여배우 해리엇 스미드슨을 향한 열렬한 감정이 담겨 있다고 해석할 수 있을 것입니다. 그렇지만 음악회 프로그램북에 쓰인 그런 이야기에 지나치게 의미를 부여해 감상과 이해의 폭을 협소하게 할 필요는 없을 것입니다. 데이비드 랜돌프는 〈환상교향곡〉의 선율, 정서적 분위기, 리듬, 다채로운 오케스트라 음색 같은 면을 즐기라고 합니다. 당시로서는 혁신적인 베를리오즈의 실험이 어떻게 구현되고 있는지를 보는 것도 흥미있는 일이니까요.

랜돌프는 음악은 그림이나 언어가 아니고 선율, 리듬, 화성, 음색, 형식 등의 요소로 의사를 전달하는 것이고, 이것은 음악의 약점이 아니라 강점이기에 풍부한 해석의 지평을 축소하지 말라고 합니다. 랜돌프의 말을 들어봅시다.

～ 하이든의 〈시계 교향곡〉(101번 교향곡)에서 그 유명한 시계가

똑딱거리는 듯한 소리를 듣거나 드뷔시의 〈바다〉에서 바다가 부풀어오르는 모습을 상상하거나 〈목신의 오후 전주곡〉에서 목신이 노니는 것을 상상하거나 간에, 우리는 무엇보다 작곡가가 주제의 씨를 뿌리고 거기서 음악을 키워나가는 과정을 들을 수 있어야 합니다. 음악에서 시계가 재깍거리는 소리를 흉내 내는 것은 트릭에 불과하지만, 이런 동기를 기초로 음악적 전체를 구성하는 일은 천재나 할 수 있는 일입니다. 음악에서 많은 것을 얻을 수 있는데 적은 것으로 만족할 필요는 없지 않겠습니까?

—《음악이 보인다 클래식이 들린다》

　영화 〈죽은 시인의 사회〉 도입부에는 키팅 선생(로빈 윌리엄스 분)이 문학 수업 도중에 시를 분석한 페이지를 학생들에게 찢게 만드는 장면이 나옵니다. 키팅 선생은 시를 갈기갈기 분석하기만 하고 참된 의미를 이해하지 못하는 학생들에게 도식적인 학습의 굴레에서 벗어날 것과 시험의 노예로 살지 말라는 메시지를 이렇게 강하게 전달합니다. 클래식 음악도 이런 선입견이라는 두꺼운 옷을 벗을 때 좀 더 즐겁게 감상할 수 있지 않을까요.

음반이 없어도 좋아요

요즘은 유튜브를 비롯해 인터넷 스트리밍 서비스 등 무료 음악 콘텐츠가 워낙 발달해 있습니다. CD나 LP 같은 음반을 굳이 번거롭게 보관하고 찾지 않아도 감상할 수 있는 환경이 되었습니다. 물론 고음질을 찾고 고급 스피커로 귀를 호강시키고 싶은 마니아층의 욕구를 충족시키기에는 부족할 테지만. 그래도 감상 환경이 편리해진 것만은 사실입니다.

공연장이 아닌 특정 공간에서 블루투스 서비스를 이용해 여러 사람이 자신의 취향대로 음악을 선택해 감상하는, 어떤 면에서는 인스턴트식 음악 감상 소비의 편리함을 누리는 경우도 흔합니다.

장소나 선곡 모두 자기 주도적으로 이루어지는 음악 감상은 때때로 그날의 상황, 멤버의 취향과 기분에 따른 선곡으로 기쁨을 배가할 수 있고, 그때그때 느끼는 쏠쏠한 재미들은 생활의 감미료가 되기도 합니다.

엄숙주의를 넘어

클래식 음악이 오늘날과 같은 보편적인 감상 형식, 즉 잘 차려입은 관객이 무대 위의 검은색 옷을 입은 연주자를 조용히 응시하는 형태는 초기부터 있었던 것이 아닙니다. 초기의 관객들은 왁자지껄 수다를 떨며 술도 마셨습니다. 그래서 어떤 지휘자는 연주 도중 뒤

돌아서서 조용히 하라고 호통을 치기도 했습니다.

엄숙한 의례와도 같은 감상 형식, 기침소리도 참아야만 하는 조용한 감상 환경이 때로는 몰입에 좋을 수도 있습니다. 그러나 음악을 깊이 느끼고 향유한다는 감상의 본질을 고려한다면 생각의 여지가 있습니다. 음악학자이자 피아니스트인 에드워드 T. 콘은《클래식의 격렬한 이해》에서 이렇게 말합니다.

∞ 오늘날의 음악인들은 "내가 이 음악을 경험하고 있는가? 나의 경험이 청중에게 전달되고 있는가?"라고 스스로 묻지 않는다. 그 대신 "내가 정확하게 연주하고 있는가? 관례를 따르고 있는가?"라고만 묻는다.
가슴에 손을 얹고 생각해보라. 애초에 '작품'이 아닌 '오락'으로 고안된 음악을, 즐거운 놀이를 경건한 의식으로 뒤바꾸고 있지 않은가?

부분적으로 이런 태도는 작곡가가 해당 곡을 구상할 때 지녔던 '오리지널'에 가까운 형태로 작품을 소개하려는, 근대 학문이 조성한 열망을 반영합니다. 그런데 이 열망이 굳으면서 음악 예술의 본질을 잃어버리게 되었습니다. 바로 이 음악 작품을 극적인 제스처로 활성화해 작곡가의 구상을 떠받치는 생생한 경험으로 재창조하려는 노력 말입니다.

왜 이 임무를 대다수가 외면하고 있을까요? 조금 틀리고 또 자세가 흐트러지면 어떤가요? 즐거움을 위한 음악에 최소한의 예의는 필요하겠지만, 감상자가 질식당하는 음악은 또 다른 감정노동을 강요하는 것은 아닌지 생각해볼 일입니다.

음악을 '지식'으로만 대할 필요가 있을까

그 많은 클래식 작곡가와 음악가, 복잡해 보이는 작품번호 표기, 이탈리아어로 된 셈여림이나 빠르기 기호 등 알고 외워야 할 것도 많아 보이는 것이 클래식의 바다입니다.

> ∞ 다음 작곡가 중 바로크 시대 작곡가가 아닌 사람은?
>   다음 작곡가 중 낭만파가 아닌 사람은?

이런 유형의 사지선다형 시험이 낯설지 않은 세대라면 대개 학교 교육을 통해 뭔가를 외우고 습득하는 데 익숙할 것입니다. 아마 시험에서 자유롭지 못했던 학창생활이 모든 걸 각박하게 바라보는 습관을 만들지 않았는지 돌아봅니다.

그래서인지 아름다움 그 자체를 감상하고 즐기는 여유가 부족해 보입니다. 외워서 지식으로 알게 되는 것도 중요합니다. 그런데 잘 기억하지 못해도 느낌으로 이해하고 즐기면 되는 영역도 있습니다. 연주가나 음악학자, 평론가가 아니라면 굳이 어떤 곡의 작곡가와 시대배경 같은 요소들을 줄줄이 꿰고 있을 필요까지는 없을 듯합니다.

클래식 음악 전문 채널에서 하루 종일 틀어주는 클래식 음악에 귀를 맡기곤 합니다. 클래식 음악을 지극히 사랑하기 때문만은 아닙니다. 말이 많은 프로그램이나 광고가 아니라서 책읽기 같은 활동에 방해가 안 된다는 장점 때문이기도 합니다.

어떤 연주자가 어떤 작곡가의 곡을 연주하는지 몰라도 그만입니다. 그냥 "책 읽으면서 이 음악 참 듣기 좋네"라고 느꼈다면 "곡목이 바로 그거였군" 하는 정도 알면 되지 않을까요. 그러다 보면 좋아하는 곡목의 레퍼토리도 하나 둘 늘어나겠지요.

자연스럽게 "아하 그래서 그렇구나" 하는 순간이 오고, 작곡가와 곡목을 찾아서 들으면 어느새 애호가라고 느낄 때가 있을 것입니다. 그러면 그것으로 충분히 클래식을 향유하는 것이 아닐까요.

카라얀이 지휘한 것과 토스카니니가 지휘한 버전은 어떤 차이가 있는지 이런 미세한 영역은 음악 해설가를 꿈꾸는 사람이나 소위 '덕후'의 경지에 이르려는 사람들이 파고들 테니까요.

표제음악과 절대음악

사전적인 의미로 곡에 어떤 의미가 담겨 있다는 뜻으로 '표제음악', 그 음의 선율 자체로 아름다움을 추구한다는 의미로 '절대음악', 이렇게 구분합니다. 그런데 이런 기계적인 구분이 과연 타당한가 생각해보려 합니다.

베토벤 〈교향곡 5번〉이 '빠바바바' 하며 웅장하게 시작하는데 이것을 "운명이 이렇게 문을 두드린다"라고 해석합니다. 그런데 과연 베토벤의 생각이 그랬을까 하는 데에는 다툼의 여지가 있습니다. 베토벤의 제자이자 비서였던 안톤 쉰들러가 쓴 방대한 양의 베토벤 전기를 우리는 아무 의심 없이 사실로 받아들여야 할까요.

쉰들러가 귀가 먼 스승의 메모를 일부 조작했다는 사실을 많은 음악학자가 밝혀냄으로써, 악성을 둘러싼 우리가 익히 아는 이야기가 왜곡되었을 개연성도 있습니다. 음악학자 에두아르도 한슬리크는 베토벤 〈교향곡 5번〉에 대해 "C단조 2/4박자 알레그로 콘 브리오로 세 번의 5도와 한 번의 3도 음정, 강세가 없는 세 개의 8분음표와 페르마타가 붙은 2분음표 하나, 이것이 베토벤 5번 교향곡을 시도하는 모티브이다. 한마디로 말하자면, 음으로 울리면서 움직이는 형식이 유일한 내용이다"라고, 그의 저서《음악적 아름다움에 대하여》에서 말했습니다.

운명의 문을 두드리는 웅장한 소리라는 말도 맞겠지만, 한슬리크의 담백한 해석이 사실에 더 가깝지 않을까요.

감상의 지혜

클래식 명곡들을 추천할 때는 대개 익숙하고 지루하지 않은 곡들을 추천해야 듣는 사람이 거부감이 없습니다. 익숙한 선율이 아니면 초심자들은 이내 졸리고, 그게 그거라는 생각에 '클래식은 지루하다'는 선입관을 떨쳐내기 쉽지 않기 때문입니다.

작품번호 같은 것은 몰라도 큰일 날 일은 없습니다. 클래식 음악을 직업으로 삼은 연주가나 평론가가 아니니 복잡한 배경지식을 꿰고 있을 필요는 없으니까요. 검색하면 단번에 알 수 있는 지식 하나 없다고 해서 위축될 필요도 없습니다. 그냥 즐기다가 자연스럽게 알게 된 지식이 축적되면 좋고, 기억나도 그만 기억 안 나도 그만이라는 생각으로 즐기는 것이 친근하게 클래식에 다가가는 길 아닐까요.

현학적 과시용으로 치장할 지식이 아니라 스스로를 위로하는 데 적격인 음악을 찾는다면 곡 배경이나 작곡가에 대해 잘 몰라도 문제 될 게 없습니다. 그렇지만 하나씩 쌓여가는 주변 지식들은 클래식의 풍미를 돋우는 기능, 즉 음식의 조미료 같은 역할은 충분히 할 수 있을 것입니다.

> 역사적인 혹은 위선적인 평론은 필요 없다.
> 음악에 관련된 어떤 글도 음악 자체보다 중요하지 않기 때문이다.
> ― 드미트리 쇼스타코비치

이런 쇼스타코비치의 말처럼 편안하게 받아들여지는 곡이 있습니다. 하루의 지친 일상을 마무리하거나 위로가 필요한 순간 쇼스타코비치의 너무나 감미롭고 포근한 〈로망스〉를 들어보면 어떨까요.

예술 감상의 적, 선입견

미술관을 가듯이 음악회장을 찾는 것은 특별한 나들이입니다. 가벼운 마음으로 가는데 반드시 숙제하듯이 방대한 사전지식을 쌓고 갈 필요는 없을 것입니다.

연주회에 대한 솔직한 느낌을 말해보라고 하면 대개 표현을 잘하지 않습니다. 무식해서 잘 모르겠다고만 합니다. 그냥 느낀 감정을 솔직하게 얘기하면 될 텐데 이런 엄숙주의가 예술과 일반인의 거리를 멀어지게 하는 것은 아닐까요.

음악의 구조를 잘 이해하는 음악가가 해설하는 것이 감상에 도움이 될까?라고 묻는다면 그렇다고 할 것입니다. 건축가가 건축 설계도를 이해해야 건축을 잘 알 수 있듯이 말입니다.

데이비드 랜돌프의 얘기를 다시 들어보지요. 음악 애호가에게 도움을 준답시고 음악회 프로그램이나 CD 설명서에 해설자란 사람들이 써놓은 얘기를 보면 이런 식입니다.

> ∞ 부드러운 현악기의 반주 속에서 잉글리시 혼이 낭만적인
>   제1주제를 노래한다. 전개부가 확장된다. 2개의 혼이 약한 소
>   리로 주제를 연주하고 나면 C#단조로 바뀐다. 대조적인 주
>   제의 짧게 변화하는 경과구가 대위법과 피치카토로 콘트라
>   베이스를 지나 목관악기로 제2주제를 이끌어간다.

위 글을 아무리 열심히 읽어보아도 이 음악이 어떤 것인지를 알

길은 전혀 없습니다. 사실 이 글은 드보르작의 〈신세계 교향곡〉 중 느린 악장의 일부를 설명한 것입니다. 이 글이 모두 옳더라도 이것을 통해 우리가 이 곡을 더 잘 이해하거나 더 잘 감상하게 될까요? 초보자들에게 닫힌 문을 열어준다는 미명 아래 끊임없이 저질러지고 있는 짓이 바로 이런 것입니다.

버나드 쇼는 순전한 기술적 설명이 진정한 음악 감상과 얼마나 동떨어져 있는가를 멋지게 표현했습니다. 그는 전형적인 음악 해설가의 말투를 빌려 햄릿의 유명한 독백 "죽느냐 사느냐To be, or not to be"를 이렇게 설명합니다.

> ∽ 셰익스피어는 흔한 도입부를 생략하고 부정사를 써서 주제를 직접 제시한다. 같은 분위기의 짧은 연결 부분이 이어서 나오는데, 이 짧은 부분에서 우리는 또는(or)과 부정형(not)를 만난다.

도대체 음악 해설가들이 하는 '분석'이라는 작업이 무슨 소용일까요? 곡이 연주되기 전에 이런 글을 읽는 것은 아무 쓸모가 없습니다. 사소한 것만 늘어놓아 머릿속만 혼란해질 따름입니다. 연주 중에 읽는 것은 더욱 나쁩니다. 음악을 전혀 들을 수 없으니까요.

감상자의 마음은 '대조적인 분위기의 경과구'를 찾는 데 완전히 사로잡혀 있습니다. 이렇게 되면 음악 감상은 퍼즐 풀기와 다를 것이 없습니다. 이것은 올바른 음악 감상의 태도가 아닙니다.

인생의 산적한 숙제와 씨름하느라 지친 뇌에 휴식을 주는 시간

을 또 다른 지적 노동의 장으로 삼는다면 그것은 음악을 즐기는 것
과는 거리가 있겠지요.

음악의 본질

작곡가란 완전한 사고에 의해서가 아니라 자연에서 취한 재료를
가지고 작품의 내용과 형식을 만들어냅니다. 음악은 자연 속에 뛰
어들어 자연의 정복자가 되는 겁니다. 철학자 프란츠 로젠츠바이
크Franz Rosenzweig는 "이름 없는 것들의 혼란 속에서 이름의 출현"
에 대해 이야기한 적이 있습니다. 이런 의미에서 음악은 일종의
'이름'인 셈입니다.

> ∽   원시인에게 주문이나 의례적인 소리를 통한 단합이 있듯, 문
>   명화된 인간에게는 예술적인 음악이 존재합니다. 여기에는
>   두 가지 관점이 숨어 있을 수 있습니다. 우선 음악회장은 우
>   리가 신에게 음악을 제물로 바치는 현대적인 신전을 의미합
>   니다.
>   그 신전에서 우리는 이렇게 말합니다. "이는 원래 당신의 음
>   악입니다." 또 다른 한편으로는 우리는 음악을 행하고 들으
>   면서 우리가 지닌 창의성을 끊임없이 자각합니다.
>   (…) 음악은 예술 중에서 유일하게 수용자가 제2의 창작자가
>   될 수 있다는 가능성을 지니고 있습니다. 게다가 음악은 다

른 사람들과 함께 어우러져야 가장 완벽해질 수 있습니다.

— 마르틴 게크,《흑등고래가 오페라 극장에 간다면》

음악 수업

대학교 때 '미학'이라는 전공 선택 과목을 수강한 적이 있었습니다. 그 시절을 돌아보면 참 아쉬운 점이 많습니다. 당시 담당 교수님은 너무 지식 전수에만 신경을 쓰셨던 것 같습니다. 텍스트만 잔뜩 제시하고 난해한 설명을 덧붙일 뿐, 그것을 뛰어넘는 예술을 대하는 '감상의 지혜' 같은 친근한 '수용 미학' 부분에는 다소 무력해 보였기 때문입니다.

중고교 시절 음악 수업은 어땠는지 돌아봅니다. 음악을 실기 점수로 평가하기도 했지만, 입시에서 중요 과목이 아니었기에 큰 부담이 없었습니다. 하지만 피아노를 멋지게 치는 친구를 보며 언젠가 나도 대학에 가서 도전해야지 하는 마음도 먹었습니다. 반면 기타를 메고 왔다갔다하면서 그룹사운드 활동을 한다며 공부는 뒷전인 친구를 보며 멋있다기보다 한심하다고 여긴 적도 있었습니다. 그 친구들은 지금 무엇을 하고 있을까요. 음악을 직업으로 삼고 있을까요.

가끔 의무와 노동, 오락과 즐거움의 경계에서 때로는 선을 분명히 굿고 의무와 노동에서 탈출해본다면 많은 것을 즐길 수 있지 않을까요. '전인교육'이다 뭐다 하면서도 코앞에 닥친 입시 위주의 목표 지향적 사고를 극복하는 것은 버거워 보입니다.

지식으로 흡수해야 한다는 강박을 없앤다면, 음악 수업이나 미학 수업은 흥겨운 체험일 수도 있겠지요. 세월이 지나 보니 갖가지 생각이 교차합니다. 지식으로서의 음악은 소수의 전문가에게 넘기고 감상자로서 그저 즐기는 데에만 초점을 맞추면 어떨까요. 데이비드 랜돌프는 이렇게 말합니다.

∽ 진정으로 음악을 사랑하고 음악 감상을 통해 많은 기쁨을 느끼는 감상자들도 상당히 단순한 작품을 들려주고 형식에 대해 물어보면 거의 대답을 못 하는 경우가 많습니다.

의식적으로 음악 형식의 모든 기술적인 측면을 공부한다는 것은 어떤 건물을 보고 건축미의 아름다움을 즐기기에 앞서 건축공학을 공부하는 것과 같습니다. 이런 목적으로 건축공학을 공부하는 것이 우스꽝스럽다는 것은 금방 알 수 있습니다.

음악에서도 우리는 감상이라는 행위가 순수한 기술적 지식을 중심으로 이루어져야 한다고 어처구니없는 고집을 부릴 필요는 없을 것입니다.

ㅡ《음악이 보인다 클래식이 들린다》

음악의 위로

음악을 지식으로 이해하기보다 느낌으로 만나면 여러 가지 장점이 있습니다. 휴식이 필요한 어떤 사람에게 커피 향이 진하게 코끝을 스치고, 동시에 아름다운 선율이 서서히 다가와 청각을 통해 뇌에 전달되었습니다. 이 순간 그 사람이 정신적으로 무한한 위로의 순간을 맞았다면 최고의 음악을 감상한 것 아닐까요.

뇌과학자들 역시 음악은 청각을 통해 우리 뇌에 전달되어 긍정적으로 작용할 수 있다고 분석했습니다. 2013년 몬트리올 신경의학연구소는 중격의지핵nucleus accumben으로 알려진 뇌의 보상 중추는 사람들이 좋아하는 음악을 들었을 때 활성화되며 좋아하는 강도가 높을수록 반응 작용도 활발해진다는 점을 발견했습니다.

또한 중격의지핵은 살면서 노출되는 소리와 음악 정보를 저장하는 뇌 부위인 청각피질과 함께 작용한다는 것도 밝혀졌습니다. 더 좋아해서 우리에게 더 많은 정신적 보상을 주는 음악일수록 뇌의 중격의지핵과 청각피질, 이 두 영역 간의 상호 교류를 더 활발하게 만든다고 합니다.

음악의 감정 전달

음악은 음으로 감정을 전달한다는 점에서 넓은 의미로 보면 모든 음악에 표제음악적 의도가 숨어 있습니다.

베토벤과 관련된 일화가 하나 있습니다. 당시 하나뿐인 아들을 잃고 깊은 슬픔에 잠겨 있던 남작 부인 도르테아 폰 에르트만은 베토벤이 찾아와주기를 기다렸습니다. 한동안 방문하지 않았던 베토벤은 말 대신 피아노 연주로 위로의 메시지를 전했습니다. 베토벤이 높이 평가한 피아니스트이기도 했던 부인은 베토벤의 연주를 듣고 이렇게 말했습니다.

> ∞ 그는 위로의 말 한마디 하지 않은 채 목례만 하고는 곧장 피아노 앞으로 달려가 오랫동안 환상적인 연주를 했습니다. 말로는 표현하기 힘든 것이었습니다. 내 죽은 아이가 천상의 세계로 들어간 것을 환영하는 천사들의 합창을 듣는 것 같았습니다. 연주가 끝나자 베토벤은 몹시 긴장해서 말을 할 수 없기라도 한 듯이 내 손을 말없이 꽉 잡아주고 갔습니다.

의미와 소음 사이에서

주제 사라마구의 소설《눈 먼 자들의 도시》에 이런 장면이 있습니다.

> ∞ 눈 먼 사람들이 수용된 정신병원. 눈 먼 자들이 일반인에게 전염시키는 것을 막기 위해 군인들이 총을 들고 삼엄하게 경계를 펼치고 있고 전염의 조짐이 보이면 사살한다. 수용소의

눈 먼 자들은 아비규환 속에서 살인과 약탈을 일상처럼 저지른다. 그러던 중에 누군가 라디오를 가지고 수용소에 들어오자 환호성이 터진다.

"라디오! 음악을 들을 수 있겠군. 음악! 음악을 이제 들을 수 있어요!" 하면서 구세주를 만난 듯 열광한다.

그런데 한쪽에서는 "기타를 가져올 생각을 한 사람이 하나도 없다니 안타까운 일이야!" 하는 탄식이 들린다.

소설에서 눈 먼 자들이 느꼈던 음악에 대한 갈증을 우리는 쉽게 해결할 수 있습니다. 넘칠 정도로 많은 음악이 주위에 있습니다. 길거리에서 집안에서 공연장에서 우리는 어떤 식으로든 소음과 음악 사이의 어떤 음향을 부단히 접합니다. 때로는 열광하고 때로는 거부감을 느낍니다.

음악은 우리에게 무엇일까요? 어떤 음악이 위대할까요? 베토벤이 악성으로 추앙받는 것은 귀가 먼 상태에서도 〈합창 교향곡〉이라는 인류의 걸작을 만들어냈기 때문입니다. 마음의 귀로 음악을 해석하고 들었던 베토벤처럼, 진정 위대한 음악은 우리의 귀에만 머물지 않고 가슴으로 전달되는 음악이 아닐까요.

오페라 〈나비부인〉의 아리아 〈어느 갠 날〉

주둔지에 사랑을 남기고 간 군인들에게는
청춘의 불장난일지 몰라도 상대 여인은 그리움에 사무쳐
평생 눈물 흘릴지도 모릅니다.
한국전쟁 이후 미군과의 사랑의 상처를 안고 살았을 여인에게도,
베트남전 이후 '라이따이한'을 키우며 한국 남성을 기다릴
여인의 눈물에도 '나비부인'의 눈물이 들어 있지 않을까요.
애잔한 선율에 담긴 여심이
절창의 아리아와 함께 마음을 아프게 합니다.

쇼스타코비치의 로망스

드미트리 쇼스타코비치는 차이코프스키, 라흐마니노프와 함께
한국인이 가장 좋아하는 음악가일 것입니다.
쇼스타코비치의 삶은 소비에트 체제하에서 너무나 힘들었습니다.
이념과 정치의 굴레가 예술가를 자유롭게 하지 않았기 때문입니다.
상처받은 쇼스타코비치의 마음처럼 상처가 아물지 않은 우리 내면을
이 음악으로 치료해보면 어떨까 합니다.

클래식에

던지는

몇 가지 질문

클래식의 실체는 무엇일까요? '클래식'의 의미를 언어를 통해 특정한 의미로 가두고 또 클래식 음악을 LP판이나 CD, 각종 녹음 장치로 가두고…… 이것이 바로 클래식이라고 명백하게 정의를 내릴 수 있을까요. 연주회장에서 어떤 매너로 행동하고, 작품번호는 작곡가에 따라 어떤 형식으로 표기하고……. 난이도는 달라도 이런저런 편한 질문 속에 클래식의 안과 밖이 들여다보일 것입니다.

어떤 음악가는 녹음에 대해 거부감을 느끼고 실황 연주만이 진정한 음악이라고 하고, 어떤 이는 무대에서 소통하는 데 불편함을 느끼기도 합니다.

쇼팽은 집에서 하는 '하우스 콘서트' 정도는 몰라도 작곡을 위한 연주 이외에는 지극히 무대를 싫어했습니다. 반면에 리스트는 무대에서 자신의 실력을 뽐내고 수려한 외모에 걸맞게 자신의 매력을 발산하는 제스처로 '보는 음악'의 재미도 선사한 바 있습니다.

질문의 영역을 넓히면, '역사의 변곡점과 소용돌이 속에서 음악가들은 어떻게 처신했을까? 정치와 예술은 영원히 딴 세상의 이야기일까?'…… 이렇게 우리의 질문은 끝이 없지만, 언젠가 이런 얘기들은 다른 책으로 다룰 수도 있지 않을까 하면서도 여기서는 클래식의 '서곡'과도 같은 이야기로 책의 한 부분을 할애해봅니다.

분명한 것은 방대한 클래식 음악의 숫자만큼이나 클래식을 둘러싼 끝도 없는 질문들은 클래식에 더 가까이 갈 수 있게 하는 요소임이 분명해 보입니다. 때로 천진난만한 아이의 질문 속에 진리가 숨어 있는 경우도 많기에 자신감을 가지고 내면의 질문을 던지고 스스로 해답을 찾아보면 어떨까요.

1. 감상의 정석을 묻는다

지휘봉은 음악을 만드는 요술 방망이인가요?

바로크 시대 이탈리아 출신 작곡가 장 바티스트 륄리는 지휘 도중에 일어난 사고 때문에 죽었다고 합니다. 믿지 못할 에피소드입니다. 당시는 지휘자가 분업화된 시대가 아니라서 바이올린 주자 겸 작곡가로 분주하게 활동하던 륄리는 종종 지휘대에 섰습니다.

당시의 지휘봉은 요즘과는 다르게 커다란 지팡이 같은 것으로, 지휘자는 이것을 바닥에 쿵쿵 내려쳐 박자를 맞추었습니다. 륄리는 지휘 도중 이 지팡이로 발을 찍는 바람에 발에 난 상처가 패혈증을 유발해 결국 사망에 이르렀던 것입니다.

일본이 자랑하는 마에스트로 오자와 세이지는 맨손으로 지휘하기도 합니다. 그런가 하면 러시아 지휘자 발레리 게르기예프는 이 쑤시개 정도 되는 길이의 지휘봉을 사용합니다. 그리고 정명훈은 직접 나무를 깎아 지휘봉을 만들기도 합니다. 지휘봉은 검은 연주복의 물결 속에서 눈에 잘 띄게 대개 흰색으로 제작됩니다.

지휘봉은 악기들과는 달리 가장 값싼 오케스트라 소품이기도 하지만 그 영향력은 최고라고 할 수 있습니다. 지휘자의 동작 하나가 음악의 전체 색깔을 좌우하니까요.

클래식은 너무 길어서 감상할 시간을 내기 어려워요

1997년에 출간된 《삶을 위한 시간》에서 존 로빈슨은 현대인의 생활을 개미 떼의 질주에 비유합니다. 자기들이 기어 다니는 언덕이 무언가에 의해 짓밟히면 허둥대면서 헤매는 개미떼처럼 아무 생각도 없이 내달리기 때문에 시간에 굶주리게 된다는 것입니다.

로빈슨은 말합니다. "사람들은 그렇게 질주하다가 죽지는 않습니다. 하지만 고대 그리스 철학자들의 표현을 빌리자면, 영원히 삶을 시작하지 못하는 겁니다." 하루 1440분을 어떻게 쓰는지 연구한 시간 관리의 대가가 한 말입니다.

교향곡은 4악장 기준으로 감상 시간이 대개 1시간 정도 걸립니다. 짧지 않은 시간입니다. 길이가 짧은 클래식 소품도 많고, 교향곡은 1악장씩 나누어 감상해도 되니까 시간이 없다는 말은 핑계가 될 수 있습니다. 낯선 음악에 시간을 쓰기보다는 친구들과 수다를 떨거나 다른 즐거움의 크기가 더 크기 때문이라고 자백하는 것이 설득력 있어 보입니다. 클래식 감상 시간이 아깝다고 느껴진다면 클래식도 결코 우리에게 미소를 보내지 않을 것입니다. 혹시 로빈슨의 말처럼, 질주 본능이 클래식과 친해지려는 의지를 막는 것은 아닐까요.

감상할 때 음악을 아무 생각 없이 흘려 보내도 될까요?

아무리 클래식 애호가라고 해도 같은 곡을 계속 반복해서 들으면 듣는 재미가 줄어들겠지요. 아무리 명곡이라도 연속적인 반복은 듣는 이를 지루하게 할 것입니다. 물론 감상하는 주기와도 관계되겠지만요. 이와 반대로 새롭고 낯선 곡들은 처음에는 생소해서 듣는 재미를 느끼기 힘든 경우도 있습니다.

　어떤 경우든 적정한 수준에서 클래식과 거리를 유지하는 것은 세상사 다른 분야와 유사합니다. 한두 악장, 아니 자신에게 익숙한 한두 소절만 좋아해서 다른 부분은 거두절미하고 같은 부분만 반복 감상할 때는 음악의 전체적인 맛을 느끼기 쉽지 않습니다. 인생처럼 다소 지루하고 심심한 부분을 겪기도 하고 익숙하고 편한 자신의 취향을 만나기도 하는 것 아닐까요. 또 귀에 거슬리는 부분, 익숙하지 않은 부분은 그냥 흘려 보내고 나중에 다시 들어보면 아름다운 전체 선율 속에서 역할을 하고 있다고 느낄 때가 있습니다.

　완벽할 정도로 꽉 짜인 질서 속에서 흐트러짐이 없어 보이던 사람의 작은 실수는 오히려 그 사람의 인간미를 돋보이게 하지 않나요. 모든 순간을 꽉 붙들고 싶을 때보다 때로 어떤 삶의 순간을 흘려 보내고 싶을 때 클래식이 친구가 되지 않을까요.

　귓전에 다가오는 아름다운 클래식에 취할 사이도 없이, 이 선율은 어디서 나온 것이지? 누가 작곡했지? 하면서 우리의 뇌를 부단한 노동으로 내몰지 말고 그냥 흘려 보내도 좋은 시간이 될 것입니다.

클래식인지 아닌지 모호한 음악도 있던데요

〈보헤미안 랩소디〉라는 영화가 2018~2019년 겨울 한국 영화시장을 뜨겁게 달궜습니다. 팝 그룹 '퀸'의 리드 싱어 프레디 머큐리의 일대기가 음악과 함께 녹아 있는 영화가 세계적으로도 드물게 유독 한국 팬들에게 크게 어필한 것입니다.

그룹 퀸의 히트곡이기도 한 영화 제목을 우선 살펴봅니다. 보헤미안은 동유럽의 떠돌이 집시를 의미하고, 랩소디는 광시곡이라고도 하는데, 형식에 얽매이지 않고 자유롭게 구성된 음악입니다.

영화 〈보헤미안 랩소디〉 중에서 프레디 머큐리는 "오페라, 팝 등 음악의 다양한 요소가 녹아 있는 멋진 음악을 만들고야 말리라"고 하면서 음악에 대한 강렬한 열정을 내비치는 장면이 있습니다.

실제로 프레디 머큐리와 멤버들은 정형화된 형식에 안주하지 않고 부단히 틀을 깨려는 모습을 보입니다. 히트곡 〈위 윌 락유〉에서는 발을 구르며 박자를 맞추게 해 청중들의 환호를 유도하는 상호 소통의 노력도 돋보이더군요.

장르별 경계를 허물기 위해 노력한 프레디 머큐리는 실제로 스페인의 소프라노 몽세라 카바예를 좋아해서 세상에서 가장 아름다운 목소리라고 칭송하면서 깊은 관심을 보이기도 했습니다.

머큐리가 고민했듯이, 클래식을 바로크, 고전, 낭만 같은 시대로 구분하고 우리가 익히 아는 베토벤, 모차르트 같은 거목들을 나열하고 그들이 작곡한 것에만 '정통 클래식'이라는 이름으로 클래식의 범위를 한정해야 할지는 생각해볼 일입니다.

앞에서 살펴보았듯이, 가끔 정통 클래식 오케스트라들도 영화음악이나 각국의 전통음악을 관객과의 소통을 위해 간간히 들려주기도 합니다. 관객들은 익숙한 멜로디에 환호하고 엄숙한 분위기에서 탈출하기도 합니다.

담을 쌓고 경직된 분위기로 과거의 틀에만 클래식을 가두어놓기보다 더 넓은 영토를 찾는 것도 현대 작곡가들의 몫이겠지요. 팝음악에서 머큐리가 했던 것처럼 클래식 음악계에서도 좀 더 다양한 시도들이 있었으면 합니다. 팝 가수 존 덴버와 오페라 가수 플라시도 도밍고의 〈퍼햅스 러브〉는 퓨전의 즐거움을 주는 음악이 아닌가요.

앙드레 프레빈도 경계를 넘나들면서 음악 팬들을 즐겁게 했습니다. 영화음악과 팝은 물론, 런던 심포니 오케스트라LSO 지휘자로 다채로운 경력을 쌓으면서 클래식의 고고한 성 안에만 있지 않았습니다. 대중에게 가까이 간다는 측면에서 음악적 교조주의는 경계할 요소가 아닌가 합니다.

클래식은 왜 정서적 안정감을 줄까요?

사람마다 다르겠지만 내 경우 공부하거나 책을 읽을 때 최고의 백색소음은 클래식 음악입니다. 청소년들이 다소 시끄러울 수도 있는 음악을 틀어놓고 어깨를 들썩이면서 공부하는 모습을 보면 확실히 사람은 취향이 제각각임을 느낍니다.

태교음악으로써 클래식의 효과를 말하는 '모차르트 이펙트'라든지, 인체에 미치는 소리공학적 요소나 과학적 근거에 대한 연구도 많이 있습니다. 음악이 우리의 귀로 들어와 뇌를 움직이는 데에는 다양한 요인이 있을 수 있습니다.

클래식만 좋은 영향을 미친다고 단정할 수는 없습니다. 취향에 따라 다양한 음악이 다양한 세대에 제각각의 모습으로 좋은 영향을 미친다고 봅니다.

그런데 듣기 좋은 선율의 음악이라고 정서적으로 무조건 좋은 기능만 하지는 않는 것 같습니다. 듣기 좋고 아름다운 데서 한 발 더 나아가 우울함을 불러일으키기도 합니다.

괴테의 소설 〈젊은 베르테르의 슬픔〉이 젊은이들의 동조 자살을 불러왔듯이, 음악이 자살을 유도한 소동도 있었습니다. 헝가리의 피아니스트 셰레시 레죄의 〈글루미 선데이〉라는 곡은 같은 이름의 영화로도 제작되었습니다. 작곡가가 작곡 당시에 우울증을 앓았다는 얘기부터 100여 명이 이 곡을 듣고 자살했다는 검증할 수 없는 이야기가 떠돌기도 합니다.

차분함과 우울함의 경계가 어디인지 모르지만, 장례식에도 사용될 정도로 엄숙한 곡이 있습니다. 미국 작곡가 새뮤얼 바버의 〈현을 위한 아다지오〉가 그런 곡입니다. 영화 〈플래툰〉에서 전쟁의 상흔을 어루만지는 듯 전장에 깔리는 배경음악으로도 친숙합니다. 미국에서는 케네디 대통령 등 저명 인사들의 장례식 때 단골로 등장하는 음악이기도 합니다.

우울함을 떠나 절제되고 격조가 느껴지는 현악기 선율은 비장한 슬픔을 잘 표현했습니다. 사랑하는 가족이나 지인들의 죽음을 지켜보지 않을 수 없는 것이 인간의 숙명입니다. 그럴 때 〈현을 위한 아다지오〉 속에서 흠뻑 울기라도 한다면 이 또한 치료제가 되지 않을까요.

무반주곡은 너무 건조한 것 같아요

독주 악기로서 첼로를 재발견한 바흐는 〈무반주 첼로 모음곡〉(총 6곡)을 작곡했습니다. 이 곡은 후세에 첼리스트 파블로 카잘스가 발견해 널리 연주되었습니다.

첼로 곡뿐 아니라 바이올린 곡도 있습니다. 대표적으로 바흐의 〈무반주 바이올린 소나타와 파르티타〉(총 6곡)를 들 수 있습니다. 바이올린 천재로 잘 알려진 힐러리 한이 아홉 살 때부터 매일같이 연습한 곡이라고 합니다. 바이올린 기교를 가다듬는 데 안성맞춤이어서 연습곡으로 많이 연주됩니다.

조미료가 들어가지 않은 것 같은 무반주곡은 허전함이 있지만,

그 나름의 묘미를 느낄 수 있습니다. 화려한 사운드가 배경을 깔아주는 오케스트라 협주곡과는 다른 담백함도 무반주곡 감상의 또 다른 맛입니다. 화려한 사운드나 전자음에 귀가 익숙해져 있다면 이런 무반주 음악으로 '소리의 미니멀리즘'을 맛보는 것을 권합니다.

음표를 하나도 틀리지 않으면 훌륭한 연주인가요?

하버드대학교 수학과를 졸업하고 수많은 첼리스트를 배출해 전 세계 첼리스트의 스승으로 불리는 로센스 레서는 이렇게 말합니다.

> ∞ 요즘 젊은 친구들은 기교와 정확한 음정에만 집착합니다. 젊은 아이들은 음반을 열심히 들어요. 그런데 현대의 녹음 기술은 보완 기술이 좋아 실수 없는 사운드를 내지요. 완벽한 음원만 들으니 무대에서 실수할까봐 겁내고요. 음악은 등수를 따지는 스피드 스케이팅이 아니라 예술성이 없으면 최고가 될 수 없는 피겨스케이팅 같은 것입니다.
> ─ 《조선일보》 2018. 3. 19.

음악 애호가들은 AI처럼 틀리지 않는 연주보다 작은 실수가 있더라도 연주자의 숨결이 스며든 연주를 보러 콘서트홀에 가는 것 아닐까요. 악보의 셈여림 기호나 박자 표시도 결국 기계로 표준화하기 힘든 인간의 느낌으로 만들어냈으니요. 그래서 모두가 동의하는 정확하고 완벽한 연주란 존재하기 어려운 것 같습니다.

예를 들어 '조금 느리게'는 도대체 어느 정도 느리게 하라는 것인지 연주자의 느낌으로 판단해야 할 부분이 많습니다. 다만 지휘자와 연주자들이 곡의 전체 흐름을 해치지 않는 범위에서 독특한 해석을 하는 것에 대해서는 평론가들이 주석을 달면서 평가하겠지요. 이런 문제들은 직업 평론가들의 먹잇감으로 남겨두고 그냥 즐기는 것이 좋을 듯합니다.

지휘자에 따라 오케스트라 음악이 그렇게 많이 바뀌나요?

세계 최고봉이라 일컬어지는 베를린 필의 사례를 살펴볼까요. 초대 지휘자인 한스 폰 뷜로는 작품에 충실하고 엄격해서 오케스트라의 교육자로 알려졌던 지휘자였습니다.

반면에 그의 뒤를 이었던 아르투르 니키슈는 반대의 면모를 보였다고 합니다. 그래서인지 음악평론가 요아힘 카이저는 "니키슈는 순간의 느낌을 중요시했고 악보를 집중적으로 탐구하기보다는 꿈꾸는 듯 대했다"고 했습니다. 그리고 저서 《그가 사랑한 클래식》에서 그는 뒤이은 지휘자들을 이렇게 평합니다.

꿈 푸르트뱅글러는 뷜로의 정확성과 니키슈의 환상을 하나로

모았다. 그리고 헤르베르트 폰 카라얀이 베를린 필에 합류했을 때 청중의 마음을 사로잡은 것은 그가 지닌 음색에 대한 감각, 다른 누구와도 비교할 수 없는 역동성과 광채였다.

　카이저의 평을 빌리지 않더라도 지휘자마다의 개성, 템포 감각, 곡에 대한 해석은 음악의 색깔을 완전히 다르게 만듭니다. 토스카니니처럼 악보에 충실한 연주를 주문하는 마에스트로가 있는가 하면, 자신의 주관을 넣어서 강약이나 길이에 개성을 발휘하는 지휘자들도 있습니다. 아무리 거장이라도 기계가 아닌 인간이기에 같은 악보를 두고도 곡 해석에 차이는 있습니다. 특별히 좋아하는 지휘자가 있다면 같은 곡을 지휘한 다른 지휘자의 버전과 비교해서 감상하는 것도 또 다른 묘미를 선사할 것입니다.

뉴욕 필의 아리랑

클래식의 영토는 어디까지일까요.
로린 마젤은 2008년 뉴욕 필하모니 오케스트라를 이끌고 역사적인
평양 공연에 나섰는데 앵콜 곡으로 〈아리랑〉을 연주했습니다.
한국인이라면 누구나 아는 민요를 선곡한 로린 마젤의 감각도 좋았지만,
편곡이나 연주 또한 무척 매력적입니다.
이 〈아리랑〉의 아름다운 선율을 들으면, '아 이런 게 클래식의
매력이구나'라고 느끼게 됩니다. 비단 한국인이 아니더라도
이 선율을 듣고 "아름답고 서정적인 멋진 곡"이라고
답하지 않을 사람은 많지 않을 듯합니다.

2. 클래식 비틀어 보기

왜 위대한 여성 음악가는 없나요?

베토벤, 모차르트, 브람스, 차이코프스키…… 우리가 기억하는 클래식 작곡가들은 대다수가 남성입니다. '위대한 작곡가' 하면 누구나 베토벤을 떠올리지만, '여성 중에는 누가 있지?' 하면 쉽게 답하지 못합니다.

종교적·전통적 규범이나 사회적 인습 때문에 재능이 있어도 여성의 음악 활동은 크게 제약받았습니다. 그 옛날 여성은 무대에 서서 노래하기도, 오케스트라 단원으로 연주하기도 어려웠습니다. 하지만 선구적 안목을 지닌 사람들의 노력과 도전으로 여성에게 금단의 영역이었던 분야의 유리천장은 하나 둘 허물어지고 있습니다. 앞으로 클래식 음악계에도 전설로 남을 여성 예술가들이 더 많이 배출되기를 기대합니다.

이러한 여건에도 불구하고 의미 있는 발걸음을 내딛던 소수의 여성이 있었습니다. 동서양을 막론하고 미술이나 음악 같은 예술 분야에서도 거장으로 알려진 몇몇 여성이 인류 역사에 중요한 발자취를 남겼습니다.

파니 멘델스존(1805~1847)은 음악사에 빛나는 펠릭스 멘델스존의 네 살 위 누이로 수준 높은 음악교육을 받고 실력도 남달라서 13세에 바흐의 곡을 암보로 연주하고 이탈리아 연주여행 중에는 베토벤, 바흐, 멘델스존의 다양한 곡들을 암보로 연주했습니다.

프랑스 작곡가 구노가 칭찬할 정도로 유능했지만, 보수적인 유대계 금융인이었던 아버지가 남자인 펠릭스에게만 직업 음악가의 길을 가라고 하고 누나인 파니에게는 그저 취미로 즐기며 가정에 충실할 것을 당부합니다.

자신의 재능을 세상에 드러내지 않고 살던 파니 멘델스존은 40세가 되어 재능을 묵힐 수 없어 작품집을 출간하고 이름을 알립니다. 400여 곡을 남긴 것으로 알려진 파니 멘델스존의 이름은 음악사에 남아 있지만, 좀 더 활발히 활동할 수 없었던 당시의 상황이 아쉽게 느껴집니다. 파니 멘델스존은 펠릭스 멘델스존에 가려져 있었지만 피아니스트로 상당한 역량을 보였으며 남다른 음악 사랑으로 오늘날 '하우스 콘서트'의 원조격인 음악회를 집에서 직접 개최하며 음악가들에게 연주 기회를 만들어주기도 했습니다.

음악학자들은 동생 펠릭스 멘델스존이 작곡한 것으로 알려진 곡 중에서 일부 명곡은 사실 누나의 곡일 수도 있다고 주장합니다. 그 근거로 'F. 멘델스존'이라고 표기된 악보가 사실은 누나의 것일 수도 있다는 점을 제시하기도 합니다. 사실 여부를 떠나 당시 음악적 열정이나 재능이 결코 남성에 뒤지지 않았던 파니 멘델스존의 면모는 충분히 짐작하고도 남습니다.

슈만의 부인이었던 클라라 슈만은 유로화 이전 독일의 마르크 지폐에도 등장할 정도로 독일인의 존경과 사랑을 받은 연주자이자 작곡가입니다. 어려서 신동 피아니스트로 주목받았던 클라라는 남편 슈만의 생일선물로 작곡한 〈로망스 Op. 21〉를 비롯해 많은 사람에게 사랑받는 다수의 작품을 남겼습니다.

현대에 와서는 기악 연주자 중에 오히려 여성들이 많다고 할 정도입니다. 자클린 뒤 프레, 마르타 아르헤리치, 안네 조피 무터, 이토 미도리가 있습니다. 한국이 낳은 세계적인 연주자도 많습니다. 정명화·정경화 자매, 사라 장, 장한나, 손열음 등이 있습니다. 여성 성악가는 전설로 남은 마리아 칼라스를 비롯해 이름을 다 열거하기도 힘들 정도로 많습니다.

시대가 변해 여류시인, 여교사 같은 말이 요즘은 성차별적인 언어로 들리기도 합니다. '그'와 구별되는 '그녀'라는 단어 또한 논란의 대상이 될 정도입니다.

그렇지만 아직은 분야에 따라 신체적 한계보다는 보이지 않는 유리천장 같은 다른 요인으로 여성에게 미답의 경지로 남은 영역이 있습니다. 아직껏 클래식 애호가들에겐 카라얀의 은발, 토스카니니의 콧수염은 남성의 전유물인 양 마에스트로와 지휘봉을 상징하고 있습니다.

현대로 오면서 여성 지휘자들도 심심치 않게 등장해 유명 교향악단의 상임지휘자로 자리를 잡은 경우도 속속 생겨나고 있습니다.

'타고난 음악 재능'이라는 것이 있나요?

"내 안에는 리듬이 있다"는 말로 넘치는 악상을 많은 명곡으로 탄생시킨 조지 거슈윈의 천재성은 많이 알려져 있습니다. 그는 수많은 민족과 인종만큼이나 다양한 장르의 음악이 뿌리를 내렸던 미국에서 클래식의 영역을 더 넓게 만든 인물입니다. 조지 거슈윈은 형 아일러 거슈윈이 지은 노랫말로 곡을 만들면서 찰떡궁합을 과시하며 명예와 부를 거머쥐었습니다.

그의 음악 입문 계기도 이채롭습니다. 친구의 〈유모레스크〉 바이올린 연주에 반해 작곡가의 길을 걸었다고 합니다. 그런데 줄리아드 학교나 유명 음악대학을 다니지 않고 고졸 학력으로 그런 대작곡가의 지위에 이르렀다니 연구 대상 인물임이 분명합니다. 이렇게 조지 거슈윈의 사례를 본다면 타고난 음악적 재능이나 천재성의 존재를 부정하기 힘들어 보입니다.

반면, 음악학자 존 파웰은 음악적 재능이라는 것은 부단한 연습에 의한 착시현상일 뿐이라고 일축했는데요. 모차르트도 조기교육과 연습이 없었다면 천재성이 발현될 수 없었을 것입니다. 악마의 재능을 보유한 것으로 알려졌던 파가니니나 파블로 카잘스 같은 연주자들 역시 하루도 연습을 게을리하지 않았기에 대가의 경지에 이르렀던 것입니다.

타고난 '리듬 부자'로 악상이 저절로 떠오르는 거슈윈의 경지까지는 아닐지라도 실망할 필요는 없습니다. 손가락이 굳어서 잘 안돌아간다고 현악기나 건반악기의 연습 과정의 수고로움을 건너뛰면서 자신의 재주 없음을 핑계로 삼는 많은 아마추어 애호가들을 봅니다. 실망하지 말고 자신만의 음악을 한 발짝씩이라도 내디디면서 즐기면 어떨까요. 음악사를 장식한 대가들도 재능보다는 연습에 많이 기댔었다는 사실을 기억했으면 좋겠습니다.

베토벤, 모차르트 같은 거인은 더 이상 나올 수 없나요?

현대에도 클래식 작곡가들이 있지만 클래식 애호가라 해도 이들의 이름을 줄줄 꿸 정도로 잘 알지는 못합니다. 다양한 장르의 음악, 전자화되어 화려해져가는 악기와 사운드, 수만 명이 운집해 즐길 수 있는 대규모 공연 시설이 생겨난 현대는 클래식이 태동했던 과거와는 환경이 완전히 다릅니다.

몇몇 스타 예술가라고 해도 음반 시장을 장악하기는 쉽지 않습니다. 아직 베토벤, 모차르트의 아우라는 없더라도 200년 후 모차르트, 베토벤이 될 수 있는 젊은 작곡가의 음악에도 귀를 기울여보면 어떨까요. 지금은 익숙하고 유명한 작품들도 초연의 처참한 실패를 딛고 일어선 경우가 많습니다. '무명'의 긴 터널을 빠져나와 고전이 된 것입니다.

클래식이 마음을 치유하는 데 효용이 있나요?

너무나 막연하면서도 기본적인 질문 아닐까요. 음악을 찾는 근본적인 이유가 뭘까요. 밥벌이가 목적이 아니라면 대부분 정서적 위로를 얻으려는 것 아닐까요.

음악이 스트레스 해소나 치유의 기능이 있음은 과학자들의 여러 실험으로 증명되었고, 실제로 우리도 상처받은 마음을 음악으로 위로받곤 합니다.

하루를 시작하고 마무리할 때 나에게는 클래식 음악이 친구가 됩니다. 잠자리에 들기 전까지 텔레비전을 껴안고 산다면 삶이 마냥 즐거울까요. 범죄 스릴러물을 보고 잔다면 꿈자리가 뒤숭숭해지지는 않을까요. 드라마의 갈등 요소가 무의식을 지배할지도 모르지요.

차분히 하루를 정리하게 하는 음악을 들으면 좋은 꿈을 꿀 수도 있고 우리의 무의식도 평화로워지지 않을까요. 물론 다양한 장르의 음악이나 명상 등도 현대인의 지친 영혼을 어루만져줄 것입니다. 취향의 문제니까요.

클래식은 수면제 같아요

클래식은 졸리는 음악이라는 선입견이 있습니다. 실제로 클래식 공연장에서 조는 경우를 가끔 봅니다.

그 유명한 바흐의 〈골트베르크 변주곡〉은 불면증에 시달리던 한 백작이 의뢰해서 만든 곡으로 알려져 있습니다. 이 작품은 쳄발로를 위한 변주곡으로, 백작 집에 상주하던 쳄발로 연주자 골트베르크가 초연한 데서 이름이 유래했다고 합니다.

이 곡은 규칙적인 반복으로 리듬이 귀에 편안하게 다가오면서 수면제가 될 수 있다는 주장이 있는가 하면, 직접 들어보면 각성제이지 수면제는 아니라고 주장하기도 합니다. 한번 감상해보면 어떨까요.

영혼의 안식을 주는 편안한 음악에서 나아가 수면을 촉진한다고 하니 우리의 뇌 건강에는 좋을 것입니다. 다만 집이 아닌 공연장에서 코를 골 정도로 옆 사람을 불편하게 한다면 문제겠지요.

파격적인 클래식 곡이 많은가요?

드뷔시의 〈달빛〉은 지금은 전 세계인이 가장 사랑하는 피아노곡 중 하나지만 당시에는 대단한 파격을 추구한 노력이 숨어 있었습니다.

과거의 작곡 관례를 따르고 학습하는 것은 음악학도나 작곡가들에게 통용되는 일종의 모범이었지만 드뷔시는 어느 순간 이를 거부했습니다. 젊은 음악가 드뷔시는 화음의 배치나 사용에 엄청난 파격을 보였습니다. 이 때문에 그는 지도교수와 이견이 있어서 불만이 많았고, C학점을 받자 홧김에 술 한잔을 하고 나서 〈달빛〉을 작곡했다고 합니다.

과거의 작곡가들은 '제시부-전개부-재현부' 같은 소나타 형식이나 화음의 배치에서 기존의 형식미를 고수하는 경우가 많았습니다. 하지만 현대로 오면서 파격적인 음악 형식을 추구하는 드뷔시 같은 음악가들이 나오고 나중에 대중들의 사랑을 받으면서 음악학자들은 또 다른 주석을 달고 있습니다.

'표제음악'이라는 관현악의 새로운 경지를 만든 베를리오즈 역시 처음에는 많은 오해와 질시를 받았지만 새로운 음악 형식을 개척했습니다. 오케스트라 교향곡에 뚜렷한 스토리를 입힌 것입니다.

익숙한 과거의 형식을 어느 정도는 따라야겠지만 새로운 방향을 부단히 찾는 노력도 게을리하지 말아야 창의성이 빛나지 않을까요. 물론 그 파격의 정도에 따라 대중의 사랑과 후대의 평가가 달라지겠지요. 즉 과거를 토대로 삼되 새로운 방향을 부단히 찾는 것도 작곡가들의 몫이라는 말이지요.

그런데 과거의 사례를 살펴보면, 작곡된 음악이 먼저 있고 이론이나 해석이 나중에 따라 나온다고 할 수 있습니다. 예술은 분석과 해석을 통해 도출된 이론보다 예술가의 실험 정신이나 개성 있는 창작열이 중요하지 않을까요.

클래식은 너무 비싼 음악 아닌가요?

클래식에 어울리는 복장, 클래식에 어울리는 계층. 이런 말은 너무 제한적인 생각의 산물이 아닌가 합니다. 음반이 대량 복제되고 나아가 인터넷을 통해 무료 감상이 쉬워졌으니 클래식의 문턱은 거의 없다고 할 수 있습니다. 물론 고급스럽고 어딘가 귀족적인 느낌을 주는 심리적인 벽이 존재하는 것은 얼마간 사실입니다.

정상급 오케스트라의 내한 공연 티켓 값은 수십만 원을 호가하고, 스트라디바리우스와 같은 명기의 가격은 수십억 원을 넘긴다는 사실은 때로 우리를 주눅 들게 하고 범접하기 어려운 음악이라는 인식을 주기도 합니다.

그러나 조금만 눈을 돌려보면 클래식 음악만 온종일 틀어주는 라디오 채널도 있고 인터넷 같은 수단으로 큰 돈 들이지 않고 접할수 있는 기회가 많습니다.

지금까지 한국 공연에서 가장 비싼 1인당 티켓 가격은 플라시도 도밍고의 2018년 10월 잠실 실내체육관 공연으로 55만 원입니다. 이전의 최고가는 2003년 상암동 월드컵 경기장의 오페라 〈투란도트〉가 50만 원, 2005년 예술의 전당에서 있었던 베를린 필의 내한 공연이 45만 원으로 오페라와 일반 클래식 연주 부문에서 각각 그 당시까지 기록을 경신했었습니다.

비싸고 싸고의 문제는 공연에 투여된 제작비나 예술가의 스타성을 감안해 평가할 수 있을 것입니다. 또한 장소의 대규모 수용성도 관건이 됩니다. 〈투란도트〉는 출연자가 600여 명에 제작비 50여억 원으로 추산되었기에 대규모 공연장이 아니면 사실상 수지를 맞추기 힘든 상황이었고, 게다가 출연진의 상당수가 외국인이기에 거기에 따른 부대 비용도 상당했습니다.

비싼 티켓 값은 비단 클래식계에만 해당하지 않습니다. 유명 팝스타 음악회 티켓 값도 수십 만 원을 넘나드니까요. 장르를 떠나 금액이 너무 부담되거나 참신한 공연을 찾는다면 눈을 돌려보세요. 저렴하지만 훌륭한 공연도 주위에 많습니다. 열정과 패기, 순수함이 주는 감동을 찾는다면 설익은 무대지만 아마추어 연주자들의 무료 공연도 많습니다.

미국의 세계적인 바이올리니스트인 '조슈아 벨의 지하철 실험'은 우리에게 시사하는 바가 큽니다. 그가 유명한 바이올리니스트인지 모르는 사람은 그의 연주를 지나치며 거리의 악사 수준으로 취급했습니다.

유명 예술가의 후광이나 브랜드에 대한 환상보다는 음악에 깊이 빠져들어 그 미숙함마저도 즐긴다면 비싼 티켓 값을 탓하지 않고 즐길 수 있는 자신만의 단단한 취향이 만들어질 것입니다.

요즘 유행하는 가성비라는 말에서 나아가 '가심비價心比'라는 말이 있습니다. 예술 감상에서는 자신의 심장을 울리는 가심비 좋은 공연이 최고 아닐까요.

3. 클래식의 낮선 이면

예술인에게 드리워진 정치의 그늘

2019년은 3·1운동 100주년으로 과거사에 대한 반성이 3·1절을 전후해 활발히 일어났습니다. 그 중에서 애국가의 작곡가 안익태의 친일 행적이 새삼 화제가 되었습니다. 일제하 많은 문인과 지식인, 음악가들의 친일 행적과는 다른 상징성이 있어서 애국가를 바꾸자는 의견도 일부 제기되었습니다. 청산되지 못한 아픈 역사를 간직한 우리에게 아직도 친일 문제는 역사적 정의의 문제로 끊임없이 제기되고 있는 과제입니다. 예술가와 음악가 역시 이런 정치의 소용돌이에서 완전히 자유로울 수는 없을 것입니다.

공화주의자 베토벤은 왕정을 극복하고자 한 보나파르트 나폴레옹의 등장에 열광한 사람으로 알려져 있습니다. 베토벤은 나폴레옹에게 헌정하기 위해 '에로이카' '영웅 교향곡'으로 알려진 〈교향곡 3번〉 악보에 나폴레옹에게 헌정한다는 문구를 쓰기도 했지만, 나폴레옹의 황제 즉위 소식을 듣고 이를 지워버렸다고 합니다.

사실 관계에 대해 음악사에서는 조금 다른 해석들도 나오지만, 어쨌든 작곡 동기는 나폴레옹이라는 '영웅'을 위한 것으로 이해할 수 있습니다. 세계사에서 최고의 유명 인물이라고 할 수 있는 이 둘은 이렇게 정치와 예술로 엮여 있습니다. 정치와 예술은 별개라며 순수 예술만을 지향하는 움직임, 반대로 현실 참여형 예술을 주장하는 목소리는 과거부터 있었습니다.

토스카니니는 베토벤 영웅 교향곡에 대한 이런 시빗거리를 뒤로하며 "나에게는 오직 '알레그로 콘 브리오Allegro con brio'일 뿐"이라며 곡 해석의 엄밀성을 강조하기도 했습니다.

일제시대 우리 문화예술인들의 친일 논쟁처럼 히틀러의 나치 치하에서도 많은 지식인과 예술인이 고통스러운 선택을 강요당하기도 했습니다.

20세기 참여 지식인의 상징으로 프랑스의 양심으로 불리는 사르트르는 미래를 말하기 전에 청산되지 않은 반민족행위자들을 엄벌에 처할 것을 주장해 많은 박수를 받기도 했습니다.

예술인들의 현실 참여(앙가주망)는 그 자체로 많은 상징성을 지니기에 예술적 성취와는 별개로 사실은 명백히 가려져야 할 것입니다.

생사의 절박함이나 예술가로서의 명운이 걸린 경우는 아니더라도 아직도 정치적 입장에 의해 예술가의 활동이 좌우되는 경우가 가끔 발생합니다. "음악은 보편적"이라고 주장했던 미국 싱어송라이터 라나 델 레이의 이스라엘 공연이 2018년 9월 예정되었다가 결국 취소된 적이 있습니다. "음악은 정치적인 것이 아니다"라며 공연을 강행하겠다던 레이의 의도가 무산된 것입니다.

팔레스타인 주민에 대한 이스라엘 정부의 '차별 정책'에 항의하며 학문·문화적 보이콧을 전개해온 전 세계 음악가, 인권 운동가들은 레이의 공연을 공개적으로 반대했습니다. 레이의 공연 취소를 계기로 "음악 혹은 공연을 정치적 지지로 볼 수 있는가?"라는 논란이 제기되었습니다.

이스라엘에서 열리는 문화 행사가 정치적 논란에 휩싸인 것은 레이의 경우가 처음은 아닙니다. 2017년 7월 영국 유명 밴드 라디오헤드의 이스라엘 콘서트를 앞두고도 같은 논란이 일었습니다. 당시 라디오헤드는 "음악은 모두를 화합하게 하는 것인데, 지금 논란은 도리어 우리를 분열시키고 있다"며 공연을 강행했습니다.

유대인 지휘자 다니엘 바렌보임은 화약고인 중동 지역에서 수차례 공연을 강행해, 음악은 정치 논리 속에서도 평화에 기여할 수 있다는 것을 보여줘 많은 음악 팬의 박수를 받았습니다.

음악이 정치와 무관하다고 하더라도 정치적 선택은 많은 예술가의 발목을 잡았습니다. 예술가를 특정 세력의 부역자로 만든 경우도 역사적으로 수없이 많았습니다. 인류사에 오점으로 남은 히틀러 나치 시대의 광기 속에서 살아남은 카라얀, 푸르트뱅글러 같은 거장들 역시 정치의 소용돌이를 비켜갈 수 없었습니다. 예술을 정치가 좌우하는 시대는 분명히 어두운 시대입니다.

독재자 히틀러의 바그너 사랑, 그 중에서도 오페라 사랑은 잘 알려져 있습니다. 그래서 나치가 바그너 오페라가 상설 공연되는 바이로이트를 나치의 성지로 만들려고 했다는 주장도 있습니다. 그 중심에 있는 바그너는 작품으로나마 나치의 민족주의와 반유대주의에 영향을 미쳤다는 의혹도 받고 있습니다.

하지만 아돌프 히틀러(1889~1945)를 알지도 못하고 먼저 죽은 리하르트 바그너(1813~1883)는 지하에서 얼마나 억울할까요. 레닌은 자신의 혁명 의지가 약화될 것을 우려해 베토벤을 비롯한 클래식 음악을 의도적으로 멀리했다고 합니다.

역사의 가정은 무의미할지 모르지만, 히틀러가 자기 의도대로 오스트리아 빈의 예술학교에 낙방하지 않고 입학해 미술을 공부했더라면 그래서 예술 세계가 그를 다른 방향으로 이끌었다면 어땠을까요. 그랬다면 나치의 만행은 일어나지 않았을 수도 있었겠지요.

히틀러 앞에서 베를린 필을 지휘한 푸르트뱅글러는 나치당과 연루된 일이 있었지만 반유대주의자는 아니었습니다. 그는 베를린 필 상임 지휘자 자격으로 유대인 연주자들이 수용소로 끌려가는 것을 막기도 했습니다.

나치 치하에서 문화국장이었던 게오르크 게룰기스가 "푸르트뱅글러의 도움을 받지 않은 유대인이 있다면 한 명이라도 이름을 대보라"고 말한 적도 있습니다.

예술가는 아니지만 인술을 베푼 한국 현대의학사의 거목 장기려 선생이 있습니다. 그는 창씨개명으로 구설에 오른 적이 있습니다. 푸르트뱅글러와 장기려 이 두 사람 정도의 행적이라면 면죄부까지는 아니라도, '부역자'라는 낙인을 찍은 채 어쩌면 작아 보일 수 있는 과過로 그들의 큰 공功을 덮어버리는 것도 조금 가혹하다는 생각도 듭니다.

장기려의 창씨개명과 관련해 함석헌 선생은 이런 말을 했습니다.

∽ 창씨개명을 한 장 선생이 여전히 사람을 살리는 의사인 한, 장기려는 나의 친구입니다. 하지만 창씨개명을 하지 않았더라도 사람을 살리지 못하는 의사라면 장기려는 나의 친구가 아닙니다. 마찬가지로 창씨개명을 거부하더라도 하나님의 뜻에 충실하지 못한 함석헌은 장기려의 친구가 될 수 없습니다 (…)

잠깐 욕됨을 참고 더 많은 사람들을 구하는 길을 택하세요.

— 손홍규,《청년 의사 장기려》

베를린 필은 나치의 전위대인가?

베를린 필은 세계 어느 곳에서나 환영받는 현존 최고의 오케스트라이고 과거에도 그랬습니다. 한 세기 전에도 유럽 전역에서 환영받는 오케스트라였죠. 그런데 아픈 역사가 있습니다. 푸르트뱅글러가 지휘할 당시 히틀러의 나치는 베를린 필의 아름다운 선율이 지나간 도시를 예외 없이 침공한 사실이 있습니다.

평화의 사도가 아니라 히틀러의 선전대가 되어 도시의 방어 의지를 약화시킨 후 나치가 편하게 침공하게 했다는 해석도 가능한 일입니다. 푸르트뱅글러를 나치 부역자로 몰아붙이고 정치에 봉사한 오케스트라로 베를린 필의 역사를 송두리째 부정하는 건 지나친 일이지만, 예술 또한 절대권력 앞에서 약해졌던 건 사실입니다.

베토벤과 모차르트도 궁정악장이라는 권력을 위해 야망을 숨기지 않았다는 자료도 있습니다. 베토벤의 전기 작가인 안톤 쉰들러는 베토벤이 오스트리아 황제 메티르니히의 환심을 사려고 칸타타 〈영광의 순간〉을 작곡한 것을 후세 사람들이 기억할까 두려워했다고 술회했습니다.

무솔리니의 군화발 아래서 푸치니도 결코 초연할 수 없었습니다. 무솔리니에 대해서도 "그가 이탈리아를 강력한 국가로 만들고 평화를 가져다준다면 언제나 환영입니다"라고 호의를 나타냈는가 하면, 나중에 상원의원에 추대된 것을 자랑스럽게 생각했다는 일화도 있습니다.

푸치니는 당시 로마 시장 프로스페로 콜로나의 압력에 의해 〈로마 찬가〉라는 곡을 작곡했습니다. 나중에 푸치니는 이 곡을 쓰레기로 치부하면서 자신의 부끄러운 과거를 시인하기도 했습니다.

오페라 〈나부코〉로 지금껏 이탈리아의 '국민 작곡가'로 불리는 베르디 역시 국회의원을 역임했습니다.

정치의 영역을 어디까지 설정해야 할지 모르겠지만, 정치적 소신이라는 측면에서 정치색이 있는 집단에 소속된 것도 포함한다면 정치에 참여한 예술가들의 범위는 더 넓어집니다.

작품에 사상적 색깔을 종종 드러내곤 했던 모차르트는 프리메이슨 조직에 가입한 것으로 잘 알려져 있습니다. 하이든이 프리메이슨 조직원이었다는 것은 생소하지만 사실입니다. 궁정악장으로, 음악계의 메디치 가문과도 같았던 에스테르하지 가문의 신임을 위해 애쓴 하이든도 정치에 종속된 예술가일까요.

어떻든 간에 100여 곡에 달하는 방대한 교향곡과 모차르트, 베토벤으로 이어지는 클래식 작곡의 황금기를 구가하게 한 교향곡의 아버지 하이든에 대해 정치색을 논한다는 것은 너무나 지엽적인 일로 보입니다.

파바로티가 악보를 볼 줄 몰랐다고?

학창 시절 음악 수업 시간은 즐거움도 컸지만 그 많은 음표를 읽고 악상기호를 외우느라 부담스러웠던 기억이 있습니다. 그런데 불세출의 테너 루치아노 파바로티도 사실 자신의 감각에 의존하는 경우가 많았고 악보를 잘 볼 줄 몰랐다고 합니다. 음악을 전공하지 않았던 비틀즈 멤버도 실은 악보를 잘 보지 못했습니다.

보통 4악장짜리 교향곡 연주에 1시간 정도 걸리는데 지휘자에 따라서는 5~10분 정도 차이 나기도 합니다. 악상기호가 어느 정도가이드는 되겠지만 음악가가 일정한 범위에서 창의적으로 해석하는 부분이 가미되어 독특한 색깔이 발휘되는 것이지요.

셈여림, 빠르고 느림에 대해 오케스트라 지휘자와 단원들 사이에서는 간혹 해석의 차이로 갈등이 벌어지기도 합니다. 독일인 멜첼이 메트로놈까지 발명했지만, 음악은 기계가 아닌 인간이 만들어가는 예술이기에 전부를 계량화하기는 쉽지 않겠지요.

활어회인가, 통조림인가

    ∞   악보란 나비 채집과 유사하다. 이 파닥거리는 소리를 어떻게 똑같이 붙잡아 고정시킬 수 있단 말인가?

이지도르 폰 세비야라는 음악학자가 음악을 써놓는다는 것은 불가능하다고 생각하며 했던 말입니다. 악보로 정확히 음을 표현해내기는 사실상 불가능에 가까울 것입니다. 그래서 연주자들은 같은 악보를 가지고도 다양한 해석으로 저마다 색깔을 담아 연주합니다.

음악은 라이브 무대에서 공연으로 들어야 한다는 시각이 있는 반면, 정교하게 다듬어진 음을 녹음해 전달한 것을 들어야 한다고 주장하기도 합니다. 그 대척점에 대표적인 두 사람이 있습니다.

레코딩을 거부한 지휘자 첼리비다케와 연주회를 거부하고 레코딩만으로 대중과 만난 괴짜 피아니스트 글렌 굴드입니다. 연주자가 아닌 감상자들도 대개 양 극단의 어딘가에 있을 것입니다.

클래식 음악을 즐기는 방식은 사람마다 다릅니다. 가끔 음악회장에 가서 활어회처럼 생생한 현장 분위기를 즐기기도 하고, 때로는 집안에서 음식을 곁들이며 편안하게 통조림 같은 녹음 음반을 듣기도 합니다.

콘서트에 굳이 가야 할까?

CD가 있고 인터넷이 있는데 비싼 돈을 지불하고 가기가 아깝다고 생각하는 사람도 있습니다. "막상 현장에 가면 기침소리도 미안할 정도로 숨 막히는 엄숙한 공간에서 어떤 재미를 느끼겠는가?"라고 반문할 수도 있습니다. 고작 오케스트라 단원 수나 천장의 전등 수를 세면서 지루함을 달래야 하느냐고 항변할지도 모릅니다.

사실 클래식 음악계는 전체 관객의 감소, 음반 판매량 부진으로 위기의식을 느끼고 있습니다. 관객들이 소리 지르고 발을 구르면서 가수들과 호흡하는 재미를 선사하며 젊은 층을 유인하는 많은 공연이 있습니다. 굳이 클래식만 위엄 있고 아무나 쉽게 범접할 수 없는 엘리트적이고 우월한 음악이라고 강권할 권리는 아무에게도 없을 것입니다.

클래식 음악계도 '대중 친화형' 프로그램으로 문턱을 많이 낮추는 노력을 나름대로 하고 있지만 일반적인 인식은 쉽게 바뀌지 않고 있습니다. 어쨌든 우리의 뇌에 휴식을 주기 위해 음악회를 좋은 사람과 함께 간다는 설렘과 즐거움은 음악 감상의 순간 못지않게 놓치기 힘든 재미 아닐까요.

코로나19 여파로 세상이 움츠러든 시기에는 '방구석 콘서트' '랜선 콘서트' 같은 이름의 비대면 콘서트가 새로운 공연 문화의 가능성을 제시하기도 했습니다. 형식은 제각각이더라도 함께 즐기면서 감정을 공유하는 콘서트의 본질은 쉬이 변하지 않을 것입니다.

별은 빛나건만

비극적인 사랑을 그린 푸치니의 오페라 〈토스카〉 3막에서
화가 카바라도시가 연인 토스카와의 추억을 회상하며 부르는 부분으로
테너의 아리아입니다. 속삭임에서 시작해
격렬한 감정을 이끄는 선율을 만들어낸
거장 푸치니의 진면목을 엿볼 수 있습니다.
〈별은 빛나건만〉 노랫말의 일부입니다.

내 사랑의 꿈은 영원히 사라졌습니다.
시간은 흘러가고 절망 속에서 나는 죽습니다.
절망 속에서
이제 와 이토록 내 목숨이 간절하랴?

푸치니는 예술과 사랑 속에서 너무나 힘들고 지친 삶을 살았습니다.
배우자와의 불화, 가정부와의 불륜 소동 같은 이야기들이 끊이지
않았습니다. 주로 비극적인 사랑 이야기를 다루며 그 스스로 평생
완전한 사랑에 안착하지 못한 듯한 푸치니는 〈투란도트〉를 작곡하던 중
미완성의 사랑을 남기고 저 세상으로 갔습니다.

클래식이

있는

풍경

인도의 시인 타고르는 일을 잘 해내기 위해 지나치게 '바쁜 사람'은 '좋은 사람'이 될 시간이 없다고 했습니다. 먼 곳에 있는 한 점 목표를 향해 바쁘게 내달리기만 하는 것도 의미가 있지만, 때로는 바쁨의 목적을 돌아보고 쉬어가는 것도 필요합니다. 그럴 때 더디고 느리지만 클래식이라는 친구를 곁에 두기를 권합니다.

클래식, 나아가 예술 작품에는 흥미로운 이야기가 많이 숨어 있습니다. 슈베르트의 절절하게 울리는 세레나데, 고흐의 강렬한 노란색이 감동을 주는 것은 그 속에 스며 있는 예술가의 혼 때문이 아닐까요.

가난한 청년 슈베르트가 아름다운 물방앗간의 아가씨를 그리며 작곡한 가곡은 지금까지 사랑받지만, 정작 슈베르트는 아가씨의 사랑은 얻을 수 없었습니다.

독일의 작가 파울 프리드리히 리히터는 1804년에 저서《미학 입문Vorschule der Ästhetik》에서 낭만주의의 가장 커다란 특성이 '확장'이라고 했습니다. 낭만주의는 울타리 없는 아름다움, 즉 아름다움의 무한대, 이승에서의 가능성보다 더 큰 미래에 대한 동경이나 그것을 알아가는 과정이라는 것입니다.

예술은 넓은 의미에서 낭만주의와 맞닿아 있습니다. 베토벤은 고전주의와 낭만주의의 징검다리 역할을 한 작곡가, 고흐는 인상파 화가라는 유형으로 분류가 됩니다. 그러나 이들은 무한의 아름다움을 추구하고 미래의 큰 가능성을 보았다는 점에서 낭만파라고 할 수 있습니다. 실제로 베토벤이나 고흐는 죽음까지 초월하면서 빛나는 작품을 남기려고 애쓴 흔적들이 많이 나옵니다. 영화

〈반 고흐〉에서는 고흐가 예언자적인 모습으로 그려집니다. 자신의 죽음을 예술을 위한 순교자적 죽음인 양 생각하는 모습도 보입니다.

현실적 안정과는 거리가 있는 모습은 우리 삶의 경계와 상상력을 확장하는 낭만적 가능성을 열어놓으라는 메시지로 다가옵니다.

1. 클래식과 숨은 이야기

직업으로서의 음악과 적성

예나 지금이나 자녀가 안정적인 직업을 갖기를 바라는 부모의 마음은 변함없습니다. 요즈음은 엔터테인먼트 산업이 활성화되고 상업 예술이 예술가에게 많은 부를 안겨주는 시대이기도 합니다. 과거에 예술가는 배고프고 힘든 직업, 또 시대와 국가에 따라서는 천한 직업으로 취급당하기도 했습니다. 그런 가운데서도 예술가는 고독한 예술혼을 불태우는 사람이라는 이미지가 남아 있습니다.

베를리오즈가 의학도의 길을 접고, 슈만이 법학도의 길을 포기하고 음악가의 길을 간 것은 적성이 맞고 좋아하는 분야에 뛰어들고픈 의지 때문입니다. 가족들의 반대가 있었다지만 이들이 전공 분야를 바꾼 건 오늘날 클래식 음악 팬들의 입장에서는 얼마나 다행스러운 일인가요. 물론 그 당시 그들의 부모들은 야속했을 것입니다만.

외과의사인 헨델의 아버지는 아들이 법률가가 되길 바라며 음악가의 길을 막았다고 합니다. 하지만 어머니는 아들의 재능을 믿고 하프시코드를 몰래 다락방에 넣어주기까지 하면서 아들의 음악적 재능을 살려주었습니다.

차이코프스키도 법률가 지망생에서 음악가로 전향한 경우입니다. 파가니니의 바이올린 연주를 보고 그 악마적 기교에 매료된 슈만은 피아니스트가 되기를 희망했지만 지나친 연습으로 인대가 파열되어 결국 작곡가의 길을 가게 되었습니다.

러시아 5인조 중 한 사람인 알렉산더 보로딘은 작곡이 유난히 더뎌서 작품 수가 많지 않은 작곡가로 알려져 있는데, 의사로 겸업을 하다 보니 몰입할 수 있는 시간 여유가 없었기 때문입니다. 한 가지 직업도 해내기 벅찬데 두 가지 직업을 가지고 이런 음악적 성취를 이뤘다니 놀라울 뿐입니다. 교향시 〈중앙아시아의 초원에서〉와 오페라 〈이고리 공〉까지 재능이 열정을 만나 이룬 보로딘의 성취에 부러움과 동시에 박수를 보냅니다.

양방언 씨는 한중일을 넘나들면서 활발히 활동하는 음악인입니다. 그는 음악을 취미 수준 이상으로 진지하게 즐기면서 힘든 의과대학 과정을 마치고 의사의 길로 접어들려는 순간, 음악의 끌림을 참지 못해 직업 음악인의 길로 나아갔습니다. 음악을 직업으로 선택하기 위해 의사 집안의 아들로 가족과 겪었던 갈등도 컸다고 합니다.

법학도에서 전향한 사례는 미술 분야에도 있습니다. 색채 감각으로는 피카소에 비견될 정도로 인정받아서 '색채의 마술사'로 불렸던 앙리 마티스가 그렇습니다. 피카소도 "그의 뱃속에는 태양이 들어 있다"며 부러움을 표했습니다.

마티스는 따분한 법률회사에 다니며 삶이 하루하루 시들어가고 있었습니다. 그러던 어느 날 입원한 병실에서 우연히 같이 입원한 사람이 팔레트를 들고 그림을 그리는 모습을 보며 자신의 길을 찾았습니다. 마티스가 그 병실에 입원하지 않았다면 우리는 회화사의 거인을 볼 수 없었을지도 모릅니다.

통계적으로 자기가 좋아하는 일을 하며 살아가는 사람은 20퍼센트도 채 안 된다고 합니다. 그만큼 현실과 이상의 차이가 크기 때문이겠지요. 밥벌이의 고단함을 알면서도 자신이 좋아하는 일을 찾아서 예술혼을 불태웠던 사람들에게 후대의 우리는 많은 빚을 지고 있습니다.

클래식 음악의 역사를 거슬러 올라가면 종교음악의 역사를 만납니다. 바로크 시대 대표 작곡가 중 한 사람인 비발디는 일찌감치 수도원의 사제로 일했습니다. 그리고 작곡가 활동도 왕성히 병행하면서 500곡 가까운 많은 곡을 남겼습니다.

훗날 스트라빈스키는 "바흐는 일생 동안 천여 곡을 새롭게 썼지만, 비발디는 똑같은 곡을 (이름만 바꿔) 100곡씩이나 써댄 사람"이라고 혹평한 적이 있습니다. 사제로서 교회 예배용 음악을 많이 만들고 음악을 겸업으로 하다 보니 충분히 몰입할 시간이 없어서 기존의 곡을 조금씩 변용해 작곡한 흔적이라고 변호해봅니다. 그렇다고 한국인들이 가장 좋아하는 클래식 목록에 빠지지 않고 등장하는 〈사계〉를 비롯한 그 많은 명곡들을 평가절하할 수는 없습니다.

요즘도 음악대학 졸업장이 안정된 직장을 보장하지는 않습니다. 드물게는 대형 교향악단이나 방송사 오케스트라에 소속되어 안정된 생활 기반 속에서 음악 활동을 하지만 불안정이 본질인 양 들쑥날쑥한 수입으로 힘겹게 살아가는 경우가 매우 많습니다. 그렇지만 내면의 소리에 이끌려 음악을 전공하고 다양한 직업군 속에서 예술의 향기를 전하는 이들도 많습니다.

'팔방미인' 호프만, 음악만이 나의 길 '바흐'

슈만에게 영향을 미쳤다고 알려진 독일 낭만주의 작곡가 E.T.A. 호프만은 시인, 화가, 소설가이자 극장 경영인, 가수, 지휘자, 평론가 역할을 했습니다. 게다가 법률 공무원이기도 했습니다. 그런데 이 모든 분야에서 얼치기가 아니라 뛰어났으며 일부 분야는 독보적이기까지 했습니다.

호프만은 음악이 모든 예술 중에서 가장 뛰어난 낭만성을 구현할 수 있는 장르라고 말했습니다. 직업적으로 가히 다방면에 일가를 이룬 특이한 경우라 하겠습니다.

그리고 요한 슈트라우스 2세의 경우 직업적 정체성과 관련해 많은 시사점을 얻을 수 있습니다. 슈트라우스 1세는 음악가였지만 아들은 안정된 금융인이 되기를 바랐기에 바이올린을 잘 켜는 아들을 보고는 매를 들 정도였습니다. 그러나 슈트라우스 2세는 그에 굴하지 않고 어머니의 지원 아래 음악을 계속했습니다. 요한 슈트라우스 2세가 마음 놓고 음악을 할 수 있게 된 계기는 바람난 아버지가 집을 나가고 나서부터였습니다.

이에 비해 바흐의 경우는 음악 가문에서 직업적인 고민 없이 평생을 음악에 헌납한 생이라고 해도 과언이 아닙니다. 〈평균율 클라이버 곡집〉 〈마태수난곡〉, 푸가 기법의 창시 등 바흐의 업적은 열거하기 힘들 정도여서, 음악사에서 아버지로 칭하는 것이 과분하지 않습니다.

녹음과 실황 연주

비싼 티켓 값을 지불하고 엄숙하게 들어야 할 유명 오케스트라의 사운드를 즐며 감상하는 것도 좋겠지만, 때로는 야외에서 다소 잡음이 섞여도 분수 쇼를 보며 지인들과 맥주 한잔 마시면서 듣는 음악이 더 큰 기쁨을 줄 때도 있습니다.

클래식 음악사에서 기침소리를 참아가며 조용히 감상하고 박수치는 양식도 그리 오래되지 않았습니다. 초기에는 시끄럽게 떠들면서 술 한잔 곁들이기도 하며 배경음악처럼 즐겼습니다.

연주회를 보기 위해 콘서트홀에 직접 가지 않아도 우리를 안내하는 좋은 음악은 얼마든지 있습니다. 좋은 음반이 자신을 알아보는 훌륭한 귀를 기다리고 있기 때문입니다. 레코딩 기술과 스피커의 눈부신 발전은 현장의 음과 유사하게 즐길 수 있게 해주었습니다.

작곡가이자 피아니스트인 아르투어 슈나벨은 레코딩이 연주자와 듣는 이의 교감을 제거해 예술을 메마르고 비인간적인 행위로 만들기 때문에 연주의 본질에 위배된다고 했습니다. 그렇지만 클래식의 문턱을 낮추고 좀 더 많은 사람이 클래식을 가까이 할 수 있게 만드는 데 녹음 기술이 기여한 바가 크다는 사실은 부정할 수 없습니다.

미디어 발전에 힘입어 녹음과 방송 출연으로 클래식의 대중화에 기여한 이는 단연 카라얀일 것입니다. 카라얀이 베토벤 전곡을 녹음해서 세상에 내놓았을 때 평론가들은 입에 침이 마를 정도로 칭찬하는가 하면 비아냥대기도 했습니다.

그의 네 번째, 다섯 번째 녹음 전집에 대해 평론가들은 그의 매끈한 완벽주의가 따분하다고 불평하기도 했습니다. 음반 제작자 라흐테르만은 좀 더 대담하게 말합니다.

〜 끔찍한 녹음이었다. 한마디로 물리고 싶은 연주였다. (…) 게다가 그 역겨운 사진이라니. 그가 예술가인 척 포즈를 취하고 있고 나머지 무리들은 앞에서 머저리처럼 히죽대고 있다.

라흐테르만은 베토벤 삼중협주곡 녹음 때 녹음을 한 번 더하자고 요청했는데 카라얀이 거부하고 표지 사진이나 찍자고 한 뒤로는 그를 피했다고 합니다.

라흐테르만의 비판을 좀 누그러뜨리자면, '이미지 메이킹'이 음악의 완성도보다 중요하다고 여긴 카라얀은 예술가이면서도 은발을 휘날리며 대중들의 환호를 즐긴 엔터테이너였습니다.

논란을 떠나서 승자는 많은 돈을 번 카라얀이 아니었을까요. 카라얀은 생전에 950종의 음반과 5억 달러에 달하는 유산을 남겼습니다. 그의 조국 오스트리아에서는 생전에 이미 대통령보다도 유명했으며, 세계 클래식 팬이라면 그를 모르는 사람은 없을 정도니까요.

레코딩의 기적

∞　단 한 번의 연주, 순간의 음악, 일찍 세상을 떠난 이들의 음악이 지금도 살아 숨 쉬고 있습니다. 이것이 바로 레코드가 안겨준 기적입니다. 카루소는 살아 있습니다. 후대 사람들은 카루소만이 아니라 그의 분신에게도 찬사를 보내고 있습니다.

지휘자 브루노 발터가 1929년에 한 말입니다. 그런데 녹음은 현장의 분위기를 생생하게 재현하는 데 분명히 한계가 있습니다. 연주자와 함께 호흡하는 공간이 주는 시각적인 요소는 물론이고 기술적으로 100퍼센트 원음을 재현할 수는 없는 노릇입니다.

그럼에도 상업적 성공을 위해 녹음을 자신의 예술 활동의 한 부분으로 기꺼이 활용한 카라얀, 푸르트벵글러 같은 지휘자가 있는 반면, 첼리비다케처럼 극단적인 녹음 무용론자나 혐오론자도 있습니다.

그런가 하면 피아니스트 글렌 굴드는 아예 32세의 젊은 나이에 공개 연주에 대한 환멸을 표한 뒤 자신의 연주를 스튜디오 녹음만으로 대중에게 소개하고 무대와의 인연은 끊었습니다. 현장에 가지 않고 값싼 가격에 거장들의 솜씨를 감상하게 된 것은 음악 애호가들에게는 감상의 편의성 측면에서는 분명히 축복입니다. 녹음 기술의 발전이 없었다면 불가능했을 것입니다.

하지만 인터넷 시대의 개막과 함께 음반은 급격히 퇴조했습니다. LP판이 CD로 대체되고 나서 또다시 인터넷이 등장하고 스트리밍 서비스가 본격화하면서 음반 산업은 격변을 겪었습니다. 이런 상황을 두고 음악평론가 헤르베르트 하프너는 이렇게 진단합니다.

> 어쩌면 거대 음반 기업의 운명은 끝난 것일 수도 있다. 동시에 호사스러운 음반 수집가들의 시대도 막을 내렸다. 잘 가라, 멋진 음반 커버여! 흥미로운 부클릿도 잘 가라! 변하지 않을 것 같던 셸락 레코드여, 안녕! 너만의 음질을 간직한 LP여 안녕! 레코드는 온갖 미디어가 판치는 과소비 사회에서 명을 다했고, 간혹 디제이들이 스크래치 기술을 선보이거나

디스코텍에서 앞뒤로 움직여 소리를 만들 때 사용되곤 한다. 아니면 영국 회사 앤드 바이널리에 의뢰하여 세상을 떠난 음악 애호가의 유골을 레코드로 제작해달라고 주문할 수도 있다.

"부디 소릿골 저편에서 편안히 잠드소서!"

CD 시장의 변화

시간을 마음대로 되돌리는 디지털 기술의 발전은 음악 팬에게 분명 희소식이었습니다. LP판에서 CD로 넘어가면서 용량 문제가 제기되었습니다. 초창기 CD 용량이 72분이었습니다. 이는 클래식 애호가인 소니사의 오가 노리오 부회장이 필립스사와 CD 한 장의 분량을 그렇게 정했기 때문이라는 설이 있습니다. 베토벤 〈교향곡 9번〉을 한 장에 담을 수 있는 정도의 분량이었기 때문이라는 것이죠.

요즘은 CD 수요도 많이 위축되어 있습니다. 특별히 소장의 재미를 느끼는 마니아가 아니라면 대개는 스트리밍 서비스나 다운로드 서비스를 이용해 그때그때 소비하는 사람들이 대부분입니다. 특히 젊은 층일수록 음반 구매 수요는 현저히 떨어집니다.

지휘대 뒤의 권력

남자들이 선망하는 직업 중에 대표적인 것이 야구감독, 오케스트라 지휘자라고 합니다. 단원들을 자신의 색깔에 맞게 조련하는 상임 지휘자를 대개 음악감독이라고 부르는데, 이는 스포츠 경기의 감독과 마찬가지로 연주자 기용이나 연주회 기획과 선곡 등에 절대적인 영향력을 행사하기 때문입니다.

권한에 따르는 책임도 커서 대개 지휘자의 역량과 색깔에 따라 오케스트라의 위상이 달라집니다. 물론 세계 유명 오케스트라의 경우 지휘자에게 두둑한 보상을 안겨주고 있습니다.

그런데 이런 지휘자를 뒤에서 움직이는 지휘대 뒤의 권력으로는 CAMI(컬럼비아 아티스트 매니지먼트사) 대표인 로널드 윌포드가 유명했습니다. 그리스인으로 모르몬교도인 그는 유타대학교와 스탠퍼드대학교를 중퇴한 후 클래식 음악을 비즈니스적인 관점에서 접근한 최초의 인물입니다.

주빈 메타나 로린 마젤을 포함한 화려한 면면의 소속 지휘자가 그의 영향력을 말해줍니다. 그는 공식적으로 부인하지만, CAMI는 100여 명의 지휘자를 보유한 것으로 알려지기도 했습니다. 그는 지휘자를 결정하는 이사회에 영향력을 미치고, 필요한 경우 국가 수반까지도 개입하게 만들 정도로 영향력을 발휘했습니다. 일본인 지휘자 오자와 세이지의 깜짝 발탁이나 바이올리니스트 안네 조피 무터의 발굴에도, 그리스계라는 동질감으로 엮여서 카라얀과 30년 관계를 맺었던 윌포드가 배후에 있었던 것입니다.

한마디로 막후의 실력자라 하겠습니다. 사이먼 래틀이나 일부 유명 지휘자는 월포드와 계약을 하지 않았습니다. 그가 제트기를 타고 다니면서 영업을 하고 영향력을 발휘하고 돈을 벌게 하는 이면에는 지휘자 고유의 색깔을 없앤다는 얘기도 있었기에 거부감을 주었다는 후문입니다.

와인 감별 시장에 로버트 파커가 있었고 미국 프로야구 시장에 류현진 선수와 박찬호, 추신수 선수의 에이전트이기도 했던 스콧 보라스가 있듯이, 클래식계 유명 지휘자들 뒤에는 월포드가 있었다고 해도 될 것입니다. 프로복싱으로 치면 왕년의 프로모터 돈 킹에 견줄 수 있는 인물입니다. 이처럼 지휘자는 결코 지휘대 뒤의 권력을 무시할 수 없습니다.

수많은 클래식 팬의 관심을 받고 있는 지휘자는 자기관리도 중요합니다. 자기관리에 실패하면 대중도 싸늘하게 돌아설 것입니다. 아무리 대중의 사랑을 받아도 일정한 룰을 지키며 자신의 예술 세계를 펼쳐 보이지 않으면 언젠가는 자신의 성이 무너질 것입니다.

베를린 필이라는 찬란한 왕국을 세웠던 카라얀은 클라리넷 주자 채용과 관련한 석연치 않은 문제로 결국 30여 년 만에 왕국에서 내려왔습니다. 서울시향의 마에스트로 정명훈도 실력 밖의 문제로 지휘대를 내려와야 했습니다.

하지만 이런 어떤 것보다도 지휘대 위의 권력을 좌지우지하는 가장 큰 힘을 가진 사람들은 클래식을 사랑하는 팬들이 아닐까요. 일시적으로 정치적 배경 아래서 권력을 휘두르는 사람들의 힘보다는 음악을 사랑하는 대중의 힘이 더 크다고 하겠습니다.

대문호의 눈물

차이코프스키의 〈현악 4중주 D장조〉 2악장을 특별히 일컫는 '안단테 칸타빌레'는 '느리게 노래하듯이 하라'는 뜻입니다.

1876년 톨스토이는 이 곡을 듣고 감동해 눈물을 흘렸다고 합니다. 원래 톨스토이는 음악에 큰 관심이 없었고 때로는 경멸하기까지 했다니 이 곡이 주는 감동이 어땠을지는 상상에 맡깁니다.

> ∽ 내가 모스크바에 머무는 동안 길이 잊을 수 없는 아름다운 추억이 되었습니다. 당신의 재능에 깊이 고개를 숙입니다.

당시에도 이미 대문호로 필명을 날린 톨스토이의 이런 극찬을 접한 차이코프스키도 이렇게 답합니다.

> ∽ 제 음악이 선생님처럼 위대한 작가에게 기쁨이 되었다니 평생의 영광으로 삼겠습니다.

음악의 위로는 이런 것이 아닐까요. 구구한 해설보다 그냥 듣기만 해도 위안이 되고 기쁨이 되는 클래식은 무수히 많습니다. 물론 그 참맛을 모르는 사람에게는 들어도 들어도 졸리는 자장가나 소음이 될지도 모르지만요.

영화가 사랑한 클래식

스탠리 큐브릭의 〈2001 스페이스 오디세이〉에 사용된 리하르트 슈트라우스의 교향시 〈차라투스투라는 이렇게 말했다〉는 태양과 지구, 달이 일직선으로 만날 때의 장엄한 경관을 배경으로 나옵니다. 그 웅장하고 신비로운 느낌은 많은 영화 팬의 기억에 깊이 각인되었습니다. 특히 오르간의 저음과 트럼펫의 고음이 잘 어우러져서 각종 쇼나 행사에서 극적인 장면을 연출할 때도 단골로 사용됩니다.

프란시스 포드 코폴라 감독의 영화 〈지옥의 묵시록〉에는 바그너의 오페라 〈니벨룽겐의 반지〉 중 3막 첫머리에 나오는 '발퀴레'로 잘 알려진 오페라 선율이 나옵니다. 발퀴레는 신들 중에서 신과 여신 사이에서 태어난 9명의 딸을 가리키며 전투의 여신으로 불리기도 하기에 음악적 은유가 적절해 보입니다. 전쟁의 처참함 속에 흐르는 이 바그너 오페라의 선율이 아직도 귓가에 생생합니다.

어디선가 클라리넷 선율이 들려오면 로버트 레드포드와 메릴 스트립의 명연기와 함께 아프리카 대자연의 아름다움이 우리의 시선을 사로잡은 영화 〈아웃 오브 아프리카〉가 생각납니다. 주제 음악으로 사용된 모차르트 〈클라리넷 협주곡〉 2악장이 새록새록 떠오릅니다. 케냐의 아름다운 석양과 드넓은 초원을 배경으로 울려 퍼지는 선율은 두 사람의 아름답지만 슬픈 사랑 이야기와 겹쳐집니다.

영화 〈엘비라 마디간〉에는 모차르트의 〈피아노 협주곡 21번〉 2악장이 흐릅니다. 금지된 사랑으로 현실에서 외면받는 연인의 슬픈 사랑 이야기와 함께 절묘하게 어우러져 많은 사람의 눈물샘을 자극합니다.

클래식이 된 영화음악

영화에 음악이 없는 것을 상상할 수 있을까요. 초기 무성영화 시대라면 모를까 지금은 많은 사람이 영화의 주제 음악을 독립된 하나의 장르로 즐기고 있습니다. 풍부한 스토리가 입혀진 음악은 그만큼 감동의 크기가 커지니까 애호가층이 두텁습니다.

영화감독 중에는 직접 작곡할 정도로 음악에 조예가 깊은 사람도 있습니다. 찰리 채플린이나 클린트 이스트우드가 그런 예인데 보통은 작곡가와 공동으로 작업합니다.

또한 앨프리드 히치콕과 함께 작업한 버나드 허먼은 사람 비명 소리에 착안해 〈사이코〉의 유명한 샤워 장면에서 우리에게 익숙한 그 오싹한 음악을 만들어냈습니다. 히치콕은 다른 장면에서는 허먼의 재량을 인정했지만 이 장면에서는 아무런 음악도 넣지 말라고 했는데, 감독에게 반기를 든 음악감독의 고집이 보기 좋게 이

긴 경우라고 해야겠습니다. 역시 전문가의 식견을 믿으면 좋은 결과를 낳는가 봅니다.

〈미션〉의 주제 선율 '가브리엘의 오보에'는 오보에라는 악기의 매력을 재발견하게 했는데, 유명해지자 가사를 붙여 '넬라 판타지아'라는 곡으로 널리 불려지고 있습니다. 〈대부〉의 주제 선율이 주는 비장미는 피아노 반주로 들어도 좋습니다. 〈여인의 향기〉의 바이올린이 연주하는 탱고 음악은 탱고의 경쾌함 뒤에 눈 먼 노병의 비애감이 짙게 깔리는 명곡입니다. "탱고 스텝이 꼬여도 춤은 계속 추어야 한다"는 알 파치노의 명대사와 함께.

에디트 피아프의 이야기를 그린 영화 〈장밋빛 인생〉이 〈아웃 오브 아프리카〉에 겹쳐집니다. 결코 장밋빛이 아닌 그녀의 삶은 샹송의 고전이 된 〈사랑의 찬가〉와 함께 귀에 아련합니다. 프랑스의 연인이라고 할 수 있는 샹송 가수 에디트 피아프, 많은 스타와 사랑을 나누었지만 그 중에서 그녀의 마음에 가장 깊이 남았을 권투선수 마르셀 세르당과의 사랑이 〈사랑의 찬가〉를 탄생시킵니다.

마르셀은 미국에서 공연 중인 연인을 보기 위해 비행기에 몸을 실었다가 비행기 추락으로 목숨을 잃었습니다. 에디트 피아프가 커다란 슬픔에 휩싸여 작곡한 것이 〈사랑의 찬가〉입니다. 그에 앞서 에디트 피아프는 한때 연인이었던 프랑스의 국민배우 이브 몽탕과 사랑했다가 실연한 뒤 세계 샹송 팬들이 사랑하는 〈장밋빛 인생〉을 직접 작사 작곡하는 천재성도 발휘했습니다.

영화음악 쪽에서 특히 '클래식'의 지위를 누리고 있는 대표적인 음악 가운데 하나가 영화 〈시네마 천국〉의 명곡들입니다. 영화음악의 거장으로 불리는 엔니오 모리코네는 영화음악을 직접 작곡해서 하나의 개성적인 장르 음악으로 발전시켰다고 볼 수 있습니다.

〈미션〉(1986)을 통해 1986년 영국 아카데미에서 음악상을 수상한 엔니오 모리코네는 헤아릴 수 없이 많은 영화음악으로 우리에게 친숙한 작곡가입니다.

모리코네는 1928년 로마 출신으로 트럼펫을 전공했습니다. 할리우드로 진출한 그는 그때까지 할리우드가 정석처럼 여기고 있던 전통적인 작곡 방식을 과감히 버리고, 휘파람 소리나 하모니카 같은 새로운 악기들을 통해 독특한 영화음악 세계를 구축했습니다.

대표적인 예로 〈황야의 무법자〉(1964)의 휘파람 연주를 들 수 있는데, 수십 년이 지나서도 다양한 영화에서 패러디될 만큼 인상적입니다. 금주법 시대에 미국 내 갱스터 사회에서 벌어진 배신과 의리를 그린 〈원스 어폰 어 타임 인 아메리카〉(1984)에서 들려오던 플루트 연주도 강한 인상을 남겼습니다. 작품에 대한 깊이 있는 해석으로 영화와 잘 맞아 떨어지는 모리코네 특유의 색깔로 명곡을 만들어냈습니다.

느끼는 만큼 이해한다

클래식을 쉽게 대중들에게 이해시키려 노력했던 레너드 번스타인은 이런 말을 했습니다.

∞ 음악이 표현하는 것은 그 음악을 들었을 때 청중이 느낀 것, 바로 그것이다. 음악을 이해하는 데 반음, 온음이나 화음을 알아야 할 필요는 없다. 음악이 우리에게 뭔가를 말하고, 어떤 느낌을 주고 우리의 마음에 변화를 일으킨다면 우린 음악을 이해한 것이다.

뮤지컬 〈웨스트 사이드 스토리〉의 작곡자로도 잘 알려진 번스타인은 청소년 음악교육에도 힘써 클래식과 대중의 거리를 좁힌 지휘자입니다. 음악을 이성으로 이해하기보다 느낌으로 이해하라는 번스타인다운 메시지인 것 같습니다.

∞ 마음이 중요해. 느낌이 중요하고, 감동이 중요하고, 아름다운 뭔가가 있어야 해. 악보 위 음표가 중요한 게 아니야. 악보 위 음표는 내가 가르쳐줄 수 있지만 나머진 가르쳐줄 수 없어.
— 영화 〈홀랜드 오퍼스〉 중에서 글렌 홀랜드의 대사

파바로티와 도밍고

파바로티와 도밍고는 오페라에서 대중성을 갖춘 대표적인 스타들입니다. 한국 가요세에서 나훈아와 남진 정도일까요. 도밍고는 외모나 행적이 남진처럼 세련미 넘치는 타입이라면, 파바로티는 다소 거칠고 남성미가 물씬 풍기는 점에서 나훈아 스타일이라고 할까요. 특히 스캔들이나 사생활에서도 울퉁불퉁한 굴곡이 있었던 점에서 그렇게 분류할 수 있지 않을까요.

이탈리아 모데나 태생의 파바로티는 많은 여인과의 스캔들로 항상 화제를 몰고 다니며 시끌벅적한 쇼의 중심에 있었던 스타였습니다. 그런 스타성은 오페라 무대의 고답적이고 한정된 관객과의 소통을 벗어나 쇼맨으로의 변신을 가능하게 했습니다.

팝스타와의 합동 공연이나 '파바로티와 친구들' 프로젝트에서 보듯, 파바로티는 비지니스에 도움이 된다면 어디든 뛰어드는 스타일이었고, 비록 성공하진 못했어도 영화배우로도 얼굴을 내밀었습니다.

나중에는 클래식 오페라만을 고집하지 않고 다양한 무대에 섰던 도밍고의 행적에 대해 파바로티는 "나를 비판하더니 나를 따라 하려고 안달"이라는 식으로 냉소적인 말을 던지기도 했습니다.

결국 두 사람은 병마와 싸우는 호세 카레라스를 위한다는 명목으로 '쓰리 테너' 프로젝트로 화해하면서 클래식의 영토를 넓히고 자신의 지갑을 불리는 작업에 보조를 맞춥니다. 기획사가 관객이 몇만 명씩 들어갈 수 있는 축구 경기장이나 야외 무대에 이들을 자주 세우는 가장 큰 이유는 돈이겠지요. 관객과의 접촉 면을 넓히고 클래식의 대중화에 기여한다는 명목은 언제나 '쓰리 테너'의 호주머니를 두둑하게 했습니다.

오페라 디바 중에도 라이벌들이 있습니다. 몽세라 카바예와 마리아 칼라스입니다. 건강한 경쟁의식은 어느 분야나 서로에게 발전의 활력소가 됩니다.

그대 음성에 내 마음 열리고

성서 이야기를 바탕으로 한 오페라
〈삼손과 데릴라〉 중 2막에서 데릴라가 삼손을 향해 부르는
아리아의 선율은 서서히 마음의 문을 여는 매력이 있습니다.
종교인이라면 '그분'의 음성에 자신의 신앙심이 열린다고
해석할 수도 있을 것입니다.

라흐마니노프, 〈파가니니 주제에 의한 광시곡 변주 18〉

인생은 짧기에 영원히 살아남을 수 있는
극한의 아름다움을 만드는 사람이 예술가입니다.
고난을 극복하면서 더 성숙해진다고 하지만,
막상 고통의 터널을 통과하는 사람에게는
처절한 아픔입니다.
절정의 기량으로 팬들에게 많은 사랑을 받을 때
5년간 암과 싸워 이겨낸 연주자가 있습니다.
투병 중에도 초인적인 의지로 라흐마니노프를 선보이려
무대에 섰던 피아니스트 서혜경에게
피아노가 없는 삶은 죽음이었을지도 모릅니다.
암을 이겨낸 열정적인 예술가의 연주로
라흐마니노프의 〈파가니니 주제에 의한 광시곡 변주 18번〉을 듣겠습니다.

2. 사랑의 힘이 만든 예술

슈만, 클라라, 브람스

클래식 음악사에서 가장 유명한 러브 스토리는 슈만과 그의 아내 클라라 그리고 짝사랑으로 가슴앓이한 브람스의 순애보입니다. 피아니스트이자 지휘자인 다니엘 바렌보임과 첼리스트 자클린 뒤 프레, 쇼팽과 조르주 상드도 유명한 커플입니다.

청년 시절 법학도에서 피아니스트로 인생 행로를 바꾼 슈만은 프리드리히 비크에게 피아노를 사사하다가 그의 딸 클라라 비크를 만났습니다. 슈만의 장인은 피아니스트로서 슈만의 장래가 불안정했기에 결혼을 반대했지만, 서른 살의 슈만은 스승의 스물 한 살짜리 딸과 결혼에 성공해 음악사에 남을 러브 스토리를 남깁니다. 클라라를 향한 브람스의 짝사랑과 세 사람의 관계는 클래식 음악사에 가장 유명한 사랑 이야기로 남아 있습니다.

8남매를 둔 다복한 가정을 꾸린 슈만과 클라라의 행복은 슈만의 죽음으로 끝났습니다. 작곡가이자 평론가로 필명을 날리던 슈만은 1834년 《음악신보》를 주도적으로 창간해 쇼팽과 브람스를 세상에 알리는 역할도 했습니다.

브람스는 존경하는 스승의 아내를 애틋한 마음으로 돌봅니다. 클라라를 향한 그의 연모는 두 사람의 관계에 내한 세간의 의심을 불러일으키기에 충분했던 것 같습니다. 하지만 클라라는 순수한 브람스의 마음과 둘의 관계를 자녀들에게 전하는 편지에 남겼습니다.

> 아이들아 너희 아버지는 브람스 씨를 사랑했고 그 재능을 높이 평가하셨단다. 아버지가 병으로 입원했을 때 그분은 슬픔을 함께 나누는 친구로 내 앞에 나타나 이 엄마의 아픔을 위로하고 용기를 주었단다.
>
> (…)
>
> 내가 사랑한 것은 그의 젊음이 아니라 그의 고귀한 정신과 재능이었단다. 부디 이런 사실을 명심하고 우리의 아름다운 관계를 오해하는 이들의 말에 현혹되지 않기를 바란다.

예술의 원동력이 된 뮤즈들

영국의 여배우 해리엇 스미드슨을 향한 사랑의 감정이 베를리오즈의 〈환상교향곡〉을 낳았습니다. 베토벤의 피아노 소나타 〈월광〉, 슈만의 연가곡집 〈시인의 사랑〉, 슈베르트의 그 많은 가곡이 사랑의 열병 속에서 태어났습니다.

아내 클라라에게 바치기 위해 작곡한 슈만의 가곡 〈헌정〉은 사랑하는 이를 위해 예술가가 해줄 수 있는 최고 가치 있는 것이 무엇인지를 생각하게 합니다.

귀금속이나 명품 가방도 좋겠지만 예술의 가치를 아는 여성이라면 후세에 온 인류가 사랑하게 될지도 모를 예술 작품을 헌정받는다는 것이 얼마나 뿌듯했을까요. 아마 클라라도 그렇게 느꼈을 것입니다.

고흐가 귀를 잘라서 준 여인이 누구인지 정확히 모르지만, 자료에 따르면 유곽에서 하룻밤 풋사랑을 나눈 여인임이 분명해 보입니다. 수없이 많은 예술가가 '사랑의 힘'으로 독창적 예술이라는 자신의 성을 쌓아 올리는 에너지를 얻었습니다.

피카소의 여인 마리 테레즈는 조각 같은 외모에 반한 유부남 피카소가 거리에서 모델이 되어달라고 애원했던 여인입니다. 테레즈의 자위·행위를 묘사한 회화 〈꿈〉은 유명한 작품입니다.

피카소에게 마리 테레즈라는 소녀가, 브람스에게 클라라라는 짝사랑의 대상이 없었다면, 또 베토벤에게 불멸의 연인이 없었다면 우리가 감상하는 위대한 작품이 탄생할 수 있었을까 생각해봅니다. 슈베르트의 그 아름다운 연가곡은 어떤 여인에게 헌정하는 것이었을까요? 정말 물방앗간의 아름다운 아가씨일 수도 있고, 성병을 옮긴 어떤 사창가 여인일 수도 있습니다. 고흐의 그 여인도 지성과 교양을 갖춘 여인이 아니라 유흥가 여인일지도 모릅니다. 어떤 경우든 대작을 잉태하게 한 사랑의 힘은 위대하지 않나요.

쇼팽과 상드

쇼팽은 당시 유럽 문화와 사교계의 중심인 파리에 거주하면서 자신의 집 문호를 활짝 개방했습니다. 그의 집은 하이네, 횔덜린 같은 필명이 높은 당대 문인들의 사교클럽이 될 정도였습니다. 이런 환경 속에서 쇼팽은 음악적 감수성을 확장했습니다. 거기에 빼놓을 수 없는 사람이 당시 문단의 이단아로 볼 수 있는 조르주 상드였습니다.

쇼팽이 병약해졌을 때 그의 곁을 지키며 짧은 생애의 말년을 함께한 상드는 대담한 사랑으로 일생을 보낸 여성이자 쇼팽의 뮤즈로서 음악적 영감을 불어넣었습니다.

프랑스의 문호 빅토르 위고는 "상드의 죽음을 애도한다. 상드는 하나의 사상이다. 그 사상은 육체 너머에 있고, 그렇기 때문에 자유롭다. 조르주 상드는 세상을 떠났다. 바로 그래서 그녀는 또한 살아 있다"라고 애도했습니다.

베토벤과 불멸의 연인

악성 베토벤은 57년의 생애에서 한 번도 결혼하지 않고 독신으로 살았습니다. 그러나 여러 가지 자료를 보면 성인기 이후 그는 항상 누군가와 사랑에 빠져 있었던 것 같습니다.

〈불멸의 연인〉〈카핑 베토벤〉 같은 영화에서도 나오지만 베토벤에게 '불멸의 연인'은 과연 누구일까요? 우리에게 익숙한 〈엘리제를 위하여〉의 엘리제는 베토벤과 음악적으로 교유한 '테레제' 부인이라는 설이 유력합니다. 베토벤이 테레제 부인에게 쓴 편지와 함께 악보가 상자에 들어 있었기 때문이라는 이유에서입니다. 베토벤이 악보에 '테레제'라고 휘갈겨 쓴 것이 '엘리제'로 보였다는 것입니다.

당대의 진실은 후대의 상상력에 의해 상당히 왜곡되거나 미화되는 경우가 많습니다. 베토벤의 일생에 대해서도 많은 음악학자의 고증으로 밝혀진 것도 있고 미스터리로 남은 영역도 있습니다. 베토벤을 신격화하는 것도, 지나치게 괴짜 예술가로 보통 사람의 상식을 넘어선 기행奇行에 초점을 맞추는 것도 경계해야겠습니다.

베토벤 관련 문헌에도 나오지만, 영화 〈불멸의 연인〉에도 독신인 그가 한 점 혈육인 조카에게 집착해 피아노를 가르치고 음악가로 만들려는 장면이 나옵니다. 단란한 가정을 꾸리진 못했지만 항상 사랑을 갈구했던 베토벤에게 인간적인 연민을 느낍니다. 이런 베토벤을 둘러싼 이미지들이 음악 팬들로 하여금 '악성 베토벤'만이 아닌 '인간 베토벤'까지 사랑하게 만듭니다.

지나쳐 독이 되는 사랑

예술가에게 뮤즈의 존재는 예술 창작을 위한 동기 부여이자 건강한 에너지가 될 수 있습니다. 독신의 베토벤에게는 여러 명의 뮤즈가 시기별로 있었던 것 같고, 슈베르트의 아름다운 가곡도 사랑의 힘으로 가능했으리라고 짐작됩니다.

그런데 프랑스 음악 역사에 큰 획을 그은 드뷔시의 사생활은 좀 지나친 면이 있어 보입니다. 드뷔시는 많은 여성과 사랑을 나누며 명곡을 탄생시켰지만 지탄을 받기도 했습니다.

아마추어 성악가 마리 블랑슈 바스니에라는 여성과의 교제 기간에는 무려 25곡의 가곡을 작곡해 선물했고, 이후 가브리엘 뒤퐁이라는 여성과 동거 중에 〈목신의 오후 전주곡〉을 작곡했습니다.

여성 편력을 겪은 후 로잘리 텍시에와 결혼을 했지만 이후에도 유부녀 엠마 바르닥과 바람이 나자 로잘리 텍시에가 권총 자살을 시도하기도 했습니다. 드뷔시는 이런 일로 친구도 많이 잃었고 사회적 지탄을 받았습니다.

쉰 살이 넘어《참회록》으로 자신의 인생을 통렬히 반성했던 톨스토이는 스스로 불완전한 인간으로서의 나약함을 고백해 인류의 연민을 자아냈습니다. 대문호가 젊은 날의 방종과 타락을 너무나 솔직히 고백해 그 인간적인 면모가 독자들에게 너무나 절절하게 와 닿았기 때문일 것입니다.

소설《안나 카레니나》에서 안나 카레니나와 브론스키 백작의 불륜 그리고 사랑의 줄타기는 톨스토이의 삶과도 맞닿아 있는 듯합니다. 운명의 남자를 만나 기차역에서 자살하는 안나 카레니나의 삶은 부인과의 불화를 끝내 극복하지 못한 채 간이역사에서 객사한 톨스토이의 삶과 오버랩됩니다.

현실보다 극적인 음악가의 사랑과 결혼

사랑을 둘러싼 클래식 음악가들의 삶은 드라마보다 더 흥미로울 때가 있습니다. 당사자들의 애끓는 심정은 애잔한 선율만큼이나 안타깝습니다. 클래식 음악사에도 무수한 '사랑의 야사'가 있습니다.

부모의 반대를 이기는 결혼은 예나 지금이나 험난한 여정이 기다립니다. 대표적으로 알려진 커플이 클라라와 슈만입니다. 클라라 아버지의 반대로 소송으로까지 비화되기도 했습니다. 이에 못지않은 커플이 또 있습니다. 바그너 부부입니다.

바그너는 프란츠 리스트의 사위였습니다. 쉰일곱 살 바그너의 상대 코지마 리스트의 나이는 서른세 살이었습니다. 딸뻘이라는 나이 차도 그렇고 리스트의 반대가 만만치 않았지만 결국 못 말리는 낭만파 음악가 리스트도 딸의 고집을 꺾지는 못했습니다. 리스트가 바그너보다 겨우 두 살 위니까 친구 같은 사위였던 셈이죠.

바그너가 코지마 리스트와 결혼식을 올렸는지, 결혼식 때 그가 작곡한 〈로엔그린〉의 그 유명한 결혼행진곡을 하객에게 들려주었는지, 아니면 그보다 앞 시대에 작곡된 멘델스존의 〈한여름 밤의 꿈〉의 결혼행진곡 부분을 들려주었는지 알 길은 없습니다.

바그너의 악극 〈로엔그린〉 중 결혼행진곡 부분은 결혼 서약의 엄숙함을 담은 선율로 많은 사랑을 받으며 잘 알려진 곡입니다. 멘델스존의 〈한여름밤의 꿈〉 중에서 C장조의 알레그로 비바체 부분은 우리에게 너무나 익숙해 결혼행진곡의 대명사가 된 곡입니다.

마에스트로 다니엘 바렌보임과 첼리스트 자클린 뒤 프레의 사랑과 이별 뒤에 자클린의 눈물을 닦아준 작곡가는 자크 오펜바흐였습니다. 오펜바흐가 작곡한 첼로 곡 〈자클린의 눈물〉은 다발성경화증이라는 불치병으로 일찍 죽은 자클린 뒤 프레를 기리는 곡으로 알려져 있습니다. 이 곡의 애달픈 선율은 오펜바흐뿐만 아니라 많은 음악 팬의 안타까움을 달래줍니다. 다니엘 바렌보임은 그녀의 마지막을 잘 지키지 않았다 하여 많은 이의 원성을 사기도 했습니다.

전설의 피아노곡으로 듣는 사랑의 속삭임

쇼팽의 〈즉흥환상곡〉은 피아니스트의 현란한 손놀림이 느껴질 정도로 화려한 곡이자 쇼팽을 피아노의 시인으로 만든 대표 곡이기도 합니다.

리스트의 〈사랑의 꿈〉은 또 얼마나 아름다운지요. 독일 노인들 사이에서는 이 곡을 들으면 다시 젊어진다는 속설이 있을 정도라고 합니다. 사랑을 꿈꾸는 이라면 이 감미로운 선율을 듣고 '역시 리스트!'라는 찬사를 절로 쏟아낼지도 모릅니다.

'피아노' 하면 떠오르는 작곡가 쇼팽과 리스트는 친구이기도 합니다. 하지만 두 사람에게는 대조적인 면이 많았습니다. 내향적인 쇼팽은 남장 여인으로 파리의 사교계를 주름잡은 소설가 조르주 상드의 연인이었습니다. 쇼팽은 나중에 딸을 데리고 온 상드와 결혼했지만, 그 삶은 병약하고 우울한 단조의 그림자가 드리운 듯했습니다. 쇼팽은 대중 앞의 공연은 극도로 절제하고 스스로 침잠하는 성향이었습니다.

《내 친구 쇼팽》이라는 책을 쓸 정도로 쇼팽과 절친했던 프란츠 리스트는 쇼팽과는 달리 연애도 공연도 주도적으로 해내는 외향적인 기질의 사나이였습니다. 그가 긴 머리를 휘날리고 허공에 팔을 휘저으며 연주하면 파리의 귀부인들이 환호성을 질렀습니다. 독주회를 즐겼던 리스트는 '리사이틀'의 제왕이었습니다. '독백, 낭송하다'라는 단어 recite에서 파생한 리사이틀recital이 리스트Liszt에게서 온 것이라고 항간에 떠돌 정도로, 리스트는 연주를 정말 즐기고 많이 했다고 합니다.

베토벤의 〈피아노 소나타 14번〉은 '월광'으로 잘 알려진 곡입니다. '월광'이라는 이름은 스위스 루체른 호수에 달빛이 비치는 모습이 연상된다고 해서 시인이자 음악평론가인 루트비히 렐슈타프가 붙인 별칭입니다. 루체른 호수는 루체른 페스티벌 오케스트라를 결성하다시피 한 지휘자 클라우디오 아바도가 말년을 보낸 곳이기도 합니다.

프랑스 작곡가 에릭 사티는 부단한 실험 끝에 샹송부터 다양한 분야에 걸쳐 많은 곡을 작곡했습니다. 그의 소품 〈당신을 원해요〉의 단순하고 낭만적인 선율은 우리의 마음을 잡아끄는 힘이 있습니다.

사티는 드뷔시와 함께 인상파 계열의 음악가로 알려졌는데 활동 당시에는 명성만큼 영광을 누리지는 못했습니다. 짝사랑과 가난 같은 단어가 그의 삶에서 큰 부분을 차지할 정도로 힘겨운 생활 가운데서도 그가 남긴 아름다운 선율은 많은 이의 심금을 울립니다.

그는 카페에서 피아노 연주도 했지만, 대중이 자신에게 주목하고 박수 치는 것을 원하지 않았습니다. 그저 말없는 가구들처럼 분위기에 스며드는 음악을 원했습니다. 그래서 사티는 자신의 음악에 대해 '가구 음악'이라는 말을 쓰기도 했습니다. 그가 쓴 피아노 곡인 3개의 〈짐노페디〉를 들으면 음악이 있는 듯 없는 듯 가슴에 스며드는 걸 느낄 수 있습니다.

당신을 원해요

에릭 사티는 살아서나 죽어서나 드뷔시에 비해
널리 연주되거나 사랑받지 못했습니다. 그렇지만 그 특유의 선율이
언제나 우리의 마음을 편하게 합니다.
사티 스스로 요란한 유명세가 없었고 또 바라지도 않았듯이,
있는 듯 없는 듯 스며드는 선율은 그의 음악을
왜 '가구 음악'이라고 했는지 알려줄 것입니다.

여성 지휘자의 영화 〈대부〉 주제곡

지휘자 세계에서 아직은 희귀종인 사라 힉스는
어릴 때 피아노에 재능을 보이며 성장하다, 피아니스트가 되기에는
손이 작은 핸디캡을 극복하기 위해 연습에 연습을 거듭했습니다. 급기야
손에 무리가 가 17세 무렵 "반복 연습에 의한 스트레스성 장애"라는 진단을 받고
힉스는 절망했습니다. 절망의 골짜기에서 울부짖을 때 아버지가
"그만 울어라. 내 사랑스러운 딸아, 그래도 스틱을 들 수는 있잖니?"라고
한 말에서 한 줄기 희망을 찾았습니다.
힉스는 '지휘'라는 길에 접어들었고 우여곡절을 이겨내고 현재 큰 무대를
활발히 휘젓고 있습니다. 영화음악의 클래식이 된 〈대부〉의 주제곡입니다.
힉스가 덴마크 국립 교향악단을 지휘하는 모습이 인상적입니다.
힉스가 지휘한 덴마크 국립 교향악단의 영화 〈대부〉 주제곡을 감상해보시죠.
남성의 전유물처럼 여겨지는 '지휘자'라는 직업,
암흑가의 보스를 떠올리게 하며 묘한 여운을 남깁니다.

3. 클래식 그리고 그 주변

아날로그의 추억

시인 장석주는 무라카미 하루키의 LP판 사랑에 주목합니다. 하루키는 중고가게에 내용이 알찬 LP판이 싼 가격에 나온 걸 보면 가여워서 "오 저런! 내가 사줄게"라는 생각이 든다고 합니다.

장석주는 이런 LP판 사랑의 뿌리로 첫째, 세상에 없는 연주자의 음악을 들을 수 있다는 것. 둘째, 소장의 기쁨. 셋째, 젊은 시절 가난으로 누리지 못했던 것에 대한 보상심리. 네째, 과거의 것에 대한 연민 이렇게 네 가지를 들었습니다.

이 외에도 아날로그 냄새가 풀풀 풍기는 LP판만의 매력은 불편함을 감내하는 수집가들을 다시 불러들이는 복고풍 취미로 부활하고 있습니다.

이삼십 대 시절에 원하는 곡이 담긴 LP판을 찾아 회현동 지하상가를 찾았던 기억이 새롭습니다. 가벼운 호주머니를 생각해서 황학동에 있는 중고 스피커 가게를 순례하던 때도 떠오릅니다.

그러나 막상 거주하는 곳이 지하실을 가진 개인 주택도 아니고 아파트라서 음향이 완벽하게 차단되지 않으면 이웃에게 피해를 주기 십상이라, 잘 듣기도 힘든 LP판은 이사 다닐 때마다 귀찮은 짐이 되었습니다. 결국에는 버리거나 지인들에게 줬습니다.

지금은 그 LP판들이 아깝다는 생각이 가끔 들지만 추억만 간직하기로 했습니다. 음악을 녹음하고 재생하는 기술은 눈부시게 발전해왔습니다. 간편해지고 부피는 줄어들고, 그마저도 스트리밍 서비스로 향유합니다.

음악 감상을 위한 수고로움은 줄어든 것이지요. 그런데 지나고 보니 그 수고로움 가운데 숨어 있었던 설렘과 기쁨이 또 다른 재미였습니다.

음악의 위대함

음악학자 알프레트 아인슈타인은 《위대한 음악가, 그 위대성》에서 음악가의 위대함의 실체를 파고들다가 인생의 길이와 작품의 성취를 묘사하면서 이런 말을 했습니다.

> ∞ 창조적 예술가는 내부에 있는 생명의 시계가 멈추는 것을 투시력을 통해 아는 것 같다. 그 시계는 저 더 높은 데 계시는 시계공이 만드셨지만, 그것을 조절하는 것은 예술가 자신이다. 일찍 죽는 위대한 인물은 자신의 전 생애를 앞당겨

쓴다. 모차르트와 슈베르트는 넘쳐 흐르는 생산력 그리고 미친 듯이 가속을 붙여 창작해나간 가장 대표적인 예술가다. 그들은 자신들에게 시간이 많이 허용되어 있지 않다는 것을 알고 있는 것처럼 보인다.

모차르트가 서른 다섯, 쇼팽은 서른 아홉, 슈베르트는 서른 하나에 죽게 만든 자연의 시계공이 야속하다고 클래식 애호가들 모두 생각할 것입니다.

그러나 아인슈타인의 생각대로 이 위대한 작곡가들은 자신들의 인생 시계가 얼마인지 알고나 있었던 것처럼 천재성을 발휘한 작품을, 그것도 어떤 면에서는 초인적이라고 할 정도로 비교적 많은 양을 남겼습니다.

알프레트 아인슈타인은 죽음이란 한 위대한 인물이 사명을 완수했을 때, 더 높은 힘이 지시하는 바에 따라 일어나는 어떤 것이라고 보았습니다. 이는 수벌이 여왕벌을 수태시키고 나면 죽어야 하는 것과 마찬가지 이치라는 것입니다.

모차르트 같은 천재 예술가의 너무 안타까운 짧은 죽음도 어쩌면 수벌의 예에 비유한다면 너무 극단적일까요? 그가 남긴 작품의 위대성은 그 증거가 되지 않을까요?

'미완성'의 가치

슈베르트의 〈미완성 교향곡〉, 건물의 실내 외벽에 마감 처리를 하지 않아서 미완성으로 보이지만 또 다른 미를 표현하는 건축가 안도 다다오의 노출 콘크리트 기법, 접착력이 안 좋아 불량 취급받던 접착제가 새로운 상품으로 재탄생해 대박을 터뜨린 3M사의 '포스트 잇', 눈썹이 빠진 것처럼 보이는 레오나르도 다빈치의 〈모나리자〉……. 이렇게 '미완성'처럼 보이지만 어떤 완성품보다 더 위대한 것들은 많습니다. 완벽을 추구하는 여정에서 때로는 약간의 결핍이 더 나은 결과를 만들어내기도 합니다.

방대한 영역에 업적을 남긴 레오나르도 다빈치의 노트를 보면 그의 호기심과 관찰력이 얼마나 대단했는지를 알 수 있습니다. 이런 왕성한 지적 욕구와 그의 구상에 비하면 우리가 목격하는 것은 미완성과도 같은 일부분입니다.

그렇지만 혼신을 다했던 작품들은 큰 울림을 주면서 인류의 자산으로 남아 있습니다. 로봇 지휘자가 오케스트라를 지휘하고 AI가 그림을 그리고 글을 쓴다는 소식이 이젠 대단한 뉴스거리가 아닌 시대입니다.

인간을 어떤 조물주가 만들었다고 믿거나 아니면 원숭이의 후예로 진화가 아직 진행 중이라고 하거나 간에 완벽과는 거리가 있어 보이는 포유류입니다.

그 불완전함과 미완성으로 상징되는 존재가 불완전한 앞선 세대의 대가들이 만든 예술 작품에 환호합니다. 어쩌면 예술의 본질은 미완성과 불완전함에 있지 않을까 생각해봅니다.

예술 작품의 해석에는 정답이 있을 수 없고 무궁무진한 해석의 여지가 있습니다. 미완성의 여백이 보이는 곳에, 기계적 해석을 넘어선 어떤 상상의 공간에 예술의 매력이 숨어 있는 것은 아닐까요.

과학과 예술

백남준의 비디오아트가 TV 기술 발전 없이 가능했을까요. 백남준이 과학에 대한 이해 없이 예술가의 전위적인 퍼포먼스로 막연하게 TV를 여러 대 쌓아놓기만 한 게 아닙니다.

지금은 고인이 된 미망인 구보다 시게코 여사는 자서전에서 백남준이 어느 날 전자회로에 관한 책을 밤새 탐독하는 모습을 보았다고 했습니다. 자신의 예술 작품 구현을 위해 TV 회로에 대한 이해가 필요했던 것이지요.

팝아트로 이름이 높은 앤디 워홀도 1966년 연극인 10명과 공학자 30명이 참여한 기획전을 열었습니다. 당시 안테나가 무용수의 몸에 반응해 소리를 만드는 작품 등 그때까지 미술과는 완전히 다른 예술을 선보였습니다. 과학을 작품에 선구적으로 응용한 대표적인 사례로 꼽힙니다.

과학기술의 발전은 인간이 창의력을 발휘할 수단을 넓혀준다는 면에서도 예술의 경계를 넓히는 측면이 있습니다. 클래식 음악계에도 이런 과학기술이 응용되어 인간의 심층심리를 파고드는 작품을 만들지 말라는 법은 없을 것입니다. 전자악기도 어느 정도는 기술 발전의 혜택을 입은 것이고, 길게 보면 부단히 개량되어온 클래식 악기의 역사가 이를 말해줍니다.

둔감과 백색소음

무알콜 음료, 카페인 없는 커피는 본질을 뺀 특이한 형태의 역발상 제품이 아닌가 합니다. 소음공해에 시달리는 도시의 본질인 소음이 어떤 경우에는 좋은 영향을 미치는 소리로 포장되어 제공되기도 합니다. '백색소음'이란 말이 그것이 아닐까요.

소설 〈실락원〉으로 많은 인기를 끌었던 의사이자 작가 와다나베 준이치는 때로는 어떤 현상에 대해 둔감해지는 것이 강한 것이라고 보았습니다. 너무 예민해서 수면장애가 있거나 미각도 까다로워 식생활이 힘들면 몸에 이로울 게 없기 때문입니다.

음악도 마찬가지가 아닐까 합니다. 음악학자나 평론가들처럼 어떤 악기가 적시에 좋은 소리를 내는지, 템포는 작곡가의 의도대로 잘 진행되고 있는지 귀를 쫑긋한다면 음악 감상은 노동이 될 것이고 금세 피곤해질 수 있습니다.

요즘 청년들은 도서관에서 발소리조차 다른 사람에게 방해될까봐 살금살금 걸어야 했던 아빠 세대와는 다른 분위기에서 공부한다고 합니다. 다소 시끄러울 수도 있는 음악이 흐르는 카페에서 공부하거나 록음악이 흘러나오는 헤드폰을 끼고 공부할 때 오히려 집중이 잘 된다는 친구들이 많습니다.

또 어떤 고교생은 원하는 대학 입시를 목표로 명문대 도서관에서 학생들이 책장 넘기는 소리를 음원으로 채집해 자신의 공부방에 계속 들리게 한다고 합니다. 전형적인 백색소음 활용의 사례이지요.

소음과 아름다운 음악의 기준은 종이 한 장 차이일 수도 있겠지요. 적당히 둔감해진다면 자신의 목적에 집중할 수 있는 여유도 생기지 않을까요. 명확한 목적과 의지가 있는 사람은 주변의 소음을 돌파하면서 집중하는 힘이 있습니다. 그런데 그 소음이 '백색'이라서 이로운 소리라면 집중에 더 도움이 되겠지요.

브랜드가 주는 착시, 조슈아 벨 효과

세계적인 바이올리니스트인 조슈아 벨이 러시아워에 워싱턴의 어느 지하철역에서 스트라디바리우스로 연주를 하고 있었습니다. 많은 사람이 흔한 '거리의 악사'이겠거니 하면서 조슈아 벨을 지나쳤다고 합니다. 공연장에서 수십만 원의 티켓 값을 지불해야 할 스타 연주자의 실력도 소리 자체로 알아보기보다는 이름으로 알아보는 현상 아닐까요.

와인을 즐기는 사람들은 특정 품종이나 제품을 고집하기도 하지만 때로는 그 수많은 와인 중에서 선택의 문제에 직면하고 어떤 와인이 가치가 있는지 고민합니다.

미국 캘리포니아 공과대학교 안토니오 랑겔 박사팀은 와인 가격과 마시는 사람의 만족도의 상관관계를 조사했습니다. 랑겔 박사팀이 각각 다른 브랜드의 카베르네 소비뇽 품종의 와인을 준비해 테스트를 한 결과가 이채롭습니다.

와인 애호가들은 같은 와인이라도 5달러일 때보다 45달러짜리 가격표가 붙어 있을 때 더 맛있다고 평가했습니다. 또 10달러짜리라고 표시했을 때보다 90달러짜리라고 표시된 와인에 훨씬 후한 점수를 주었다고 합니다.

랑겔 교수팀은 뇌 자기공명 영상을 통해 와인을 마실 때의 즐거움을 객관적으로 측정했는데, 비싼 가격표가 붙은 와인을 시음할수록 우리 뇌에서 향기와 맛의 즐거움을 느끼는 안쪽 안와전두엽 피질의 활성화가 훨씬 두드러진다는 것을 확인했습니다.

또한 이 실험에서 가격이 표시되지 않은 와인을 마실 때는 이런 편견 없이 엇비슷하게 평가한 사실도 발견했습니다. 결국 와인의 맛을 음미했다기보다는 가격과 특정 브랜드를 음미한 것은 아닐까요. 마찬가지로 음악에서도 특정 소리의 매력보다 성악가의 브랜드나 오케스트라의 아우라를 감상하는 것은 아닌가 싶습니다.

명품에 열광하는 여성들도 실은 그것의 실용적인 가치보다는 브랜드 가치를 즐기는 데 만족하는 경우가 많아 보입니다. 이를 좀 더 확대한다면 우리의 소비생활은 대개 무수한 브랜드와 광고의 후광이 입혀진 이미지를 소비하는 것 아닐까요.

에스테르하지 가문과 메디치 가문

교향곡의 아버지격인 하이든은 클래식 음악사에서 바로크 시대를 넘어 고전시대의 개막에 공헌한 음악가입니다. 그가 작곡한 100여 곡에 달하는 교향곡은 형식미에서 완성도를 자랑합니다. 모차르트, 베토벤도 그의 영향권에 있었다고 할 정도로 하이든은 서양 고전음악의 큰 물줄기를 형성했습니다.

이런 하이든 뒤에는 헝가리의 에스테르하지 가문이 있었습니다. 르네상스 시대에 메디치 가문이 있었다면 클래식 음악의 고전시대에는 하이든을 후원한 에스테르하지 가문이 있었다고 하겠습니다.

재정적으로 어려운 예술가에게는 후원자가 필요합니다. 정서에 호소하는 작품은 일반 상품과는 달리 값을 매기기 힘들 정도로 그 가치가 지극히 주관적입니다. 그런 예술의 보이지 않는 가치와 예술가의 존재를 알아보고 아낌없이 후원한 사람들 덕에 가치 있는 작품들이 후대에 전승될 수 있었습니다.

진정한 예술가들은 고독과 가난 속에서도 찬란한 예술 작품을 길어 올리기 위해 자신의 삶을 바쳤습니다. 이들이 생활할 수 있게 후원하는 사람들이 없었다면 우리는 오늘날 예술이 없는 빈약하고 삭막한 현실 속에 살고 있을지도 모릅니다. 아직도 어디에선가는 가난한 예술가들이 크고 작은 후원자를 기다리고 있을 것입니다.

'하는 음악'의 즐거움

직업 음악인이 아니면 엄두를 내지 못할 일에 도전하는 것은 일상의 쳇바퀴를 벗어나 자신의 삶을 원근법으로 감상하는 여유를 줍니다. 일상에서 우리가 보고 겪는 시야는 지극히 한정돼 있습니다.

영국의 심리학자 리처드 와이즈먼은 한 실험에서 사람들에게 신문을 주고 신문에 실린 사진의 수를 세라고 했습니다. 대부분의 사람들은 신문을 훑어보면서 사진의 수를 세느라 여념이 없었고, 신문기사 중에 있는 "이 신문에 실린 사진의 수는 43장입니다"라는 제법 큰 글귀를 놓쳤습니다.

정해진 궤도나 목표를 벗어나 생각하는 창의성이 부족하다는 현상을 빗대어 알려준 실험입니다. 이를 극복하려면 언어에 의존하는 소통에서 벗어나 음악이나 미술처럼 다양한 감성적인 소통으로 창의성을 향상시켜야 한다고 주장합니다. 직접 '하는 음악'은 음악 향유의 즐거움에서 나아가 좁은 시야를 넓히는 창의적인 시각도 제공할 수 있을 것입니다.

베토벤의 〈에그몬트 서곡〉, 모차르트의 〈주피터〉, 브람스의 〈교향곡 2번〉 이런 곡들을 들으면 이삼십 대에 오케스트라를 꾸리고 운영했던 시간이 떠오릅니다. 돈벌이를 목적으로 하지 않았지만 열정은 대단했었지요. 구성원들의 '베토벤 바이러스'가 모두를 그렇게 만들었다고 생각합니다.

그때의 추억은 차츰 잊혀져가지만, 동지와도 같았던 그 시절의 사람들이 가끔 그리워집니다. 음악의 길을 접고 새로운 밥벌이를 위해 길을 나선 전공자도 있습니다. 어떤 이는 먼지가 쌓여가는 악기에 대한 예의 때문인지 악기를 다시 만지기도 합니다.

아직 완전히 식지 않았던 열정이 있었기에 '듣는 음악'에만 만족하지 않은 것이지요. 그런 사람들은 체임버 오케스트라나 실내악단을 소규모로 꾸려서 스스로 '하는 음악'을 즐기려는 시도를 멈추지 않고 있습니다. 직접 연주를 '하는 음악'은 '듣는 음악'이 주는 즐거움과는 성격이 달라서 또 다른 차원의 묘미가 있습니다.

'하는 음악'에 심취했던 시절을 돌아보면 즐거움도 크지만, 지휘자, 객원 연주자 섭외에서부터 장소 대관, 연습 비용 충당 등등의 수고로움이 생각나기도 합니다. 부가적인 품이 많이 들어가는 오케스트라를 꾸린다는 것은 낭만으로만 할 수 있는 게 아니라는 사실을 알게 되었습니다.

'젊음의 열정'은 때로는 '수고로움을 감수하는 낭만'의 동의어라는 생각이 들기도 했습니다. 그런 수고로움이 없이 가벼운 마음으로 온전히 즐길 수 있는 길을 찾으면서도 그때가 그리워지기도 합니다.

음악가의 교양

세계적으로 인정받는 클래식 음악가가 되기 위해서는 음악교육으로 유명한 줄리아드 학교 같은 곳을 나오는 것이 유리할지도 모릅니다. 제도교육 커리큘럼 안에서 기량을 연마하고 음악적인 분위기 속에서 지속적으로 인간관계를 유지하는 것이 직업 음악인이 되는 데 분명 유리할 테니까요.

하지만 세계적인 클래식 음악가들 중에는 음악대학을 나오지 않은 사람들도 많습니다. 하버드대학교 교수이자 바이올리니스트인 린 창, 첼리스트 요요마, 피아니스트 리처드 모건 같은 이들도 그런 사례입니다. 그런가 하면 바이올리니스트 고토 류는 세계 최고라는 하버드대학교에서 물리학을 전공했습니다. 첼리스트 장한나는 줄리아드를 졸업한 뒤 하버드대학교에 철학 전공으로 입학했습니다.

음악교육은 도제적인 면이 있어서 어릴 때부터 악기를 배우다가 나중에 정규 교육과 별개로 대가에게 사사하며 연주자로 활약하는 경우도 적지 않습니다. 그러나 간혹 특히 한국의 예체능 교육이 기능에만 치우쳐 있다는 문제가 제기됩니다. 운동기계, 연주기계가 아닌, 전인적인 교양을 갖추기 위해 인문학이나 다양한 학문 경계를 넘나드는 것도 필요하다고 봅니다.

음악이 사회 속에서 어떤 역할을 하고 클래식은 어떤 의미를 지니는지 성찰하는 지혜를 갖추지 못한 연주자들은 자칫 도식적이고 기계적인 사고에 갇힐 수도 있습니다. 음악이 인간의 삶을 풍요롭게 만든다는 측면에 주목하고 예술이 주는 풍부한 가능성과 상상력으로 무장한 연주자라면 연주 또한 자연스럽게 그런 역할을 하지 않을까요.

예술의 문턱

재미화가 김원숙은 예술이 특정인들만의 리그에 머물 수 있는 위험을 경계하며 이렇게 말합니다.

> ∞ 화가인 나에게 많은 사람들은 "나는 그림에 대해 잘 모르지만……"으로 말문을 연다. 나는 건강한 관객들에게 그렇게 자신 없는 말을 하게 만든 도도한 현대 미술세계가 참 안타깝다. 벌거벗은 임금님이 따로 없다. 그림을 눈으로 보는 게 아니라 귀로 보려고들 한다. 마음에 느껴지는 대로 보면 되는 것을, 누가 뭐라고 하는 대로 보려고 하면 재미를 놓치게 된다. 음악에 대해 해박한 지식을 갖추고 라디오를 트는 게 아니고 그냥 자기에게 좋은 음악을 자신 있게 선택하는 것과 같은데, 그 자신 없는 서두와 달리 관객의 의견들은 흥미롭고 내가 생각지도 못한 것을 보게 할 때가 많다. 그림은 어떤 방식으로든지 우리 삶을 더 풍요롭게 만든다. 전에 보지 못하던 이미지들, 새로운 형태와 색의 조화, 잊고 있던 것들에 대한 향수…… 그림이 이만큼 열려 있는 관객에게도 공감을 주지 못한다면 그것은 특정 계층의 허영심을 채우는 고루한 장난과 돈놀이에 지나지 않을 것이다.

전문가연하는 사람들이 그 문턱을 높여 겁을 주는 것은 아닌지 돌아봐야겠습니다. 예술은 인간이 기대고 쉴 수 있고 느낌으로 편하게 해석할 수 있는 오아시스가 되어야 하지 않을까요. 실용과 경제 논리에 질식할 정도로 사막 같은 세상에서 예술마저 문턱을 높이면 세상의 사막화는 점점 더 심해질 테니까요.

앵그르의 바이올린

프랑스의 화가 앵그르는 자신의 그림에 대한 악평은 참아도 자신의 바이올린 연주에 대한 악평은 참을 수 없다고 했습니다. 취미라고 할 수 있는, 그렇지만 프로 못지않은 실력으로 전문 연주 무대에도 섰던 앵그르는 바이올린 연주에 대단한 자부심이 있었다고 합니다.

그래서 유럽에서는 본업보다 뛰어난 취미 이상의 영역을 '앵그르의 바이올린'이라고 부릅니다. 당신에게는 '앵그르의 바이올린'이 있나요?

사회적으로 성공했다고 해서 매일, 한날 한시도 빼먹지 않고 직업적인 문제와 밥벌이에만 매달린다면 스트레스를 이겨내기 힘들 것입니다. 난초 가꾸기, 서예, 악기 연주 같은 다양한 취미 활동이 세상살이의 긴장을 이완해주고 몰입의 즐거움을 선사하고 있습니다. '앵그르의 바이올린'과 같은 경지에 모두가 오를 수는 없더라도 스스로 도전할 수 있는 어떤 영역을 만들어보면 어떨까요.

언론인 김종구는 쉰 살이 넘은 나이에 클래식 기타를 배우기 시작해 10년 이상의 수련을 거친 후일담을 《오후의 기타》라는 에세

이로 엮어냈습니다. 주위의 격려와 타박 속에서도 자신의 세계를 다듬어간 중견 언론인의 모습은 자신만의 '앵그르의 바이올린'을 만들기 위한 노력이 아닐까 합니다. 많은 사람이 '앵그르의 바이올린'을 찾는다면 세상은 좀 더 아름다워지지 않을까요.

음악을 배우는 기쁨

도시의 상당수 어린이들은 태권도 학원에 영어·수학 선행 보습학원에다 악기 하나쯤 배우는 게 막연히 좋을 거라는 부모의 생각에 이끌려 피아노나 바이올린 학원 등에 갑니다.

수학과 영어도 그렇지만 배움이란 꼬마들에게 항상 즐겁지만은 않을 것입니다. 음악의 즐거움보다는 배움의 고통에 짓눌린 음악교육이 어린이들의 정서를 삭막하게 만들지는 않았는지 돌아볼 일입니다. 이런 문제의식을 가지고 최근에는 많은 음악교육 전문가들이 즐기면서 배우는 방법론을 찾지만, 배움에 일정 부분 수고로움이 따르는 것은 어쩔 수 없는 일입니다.

전문 연주자 지망생이 아니라면 즐기기 위한 음악이 노동이 되어선 안 될 것입니다. 문턱과 권위를 낮춘 전문가들의 노력이 음악의 자리를 우리에게 좀 더 가까이 둘 것입니다.

피아노 배우는 자체를 즐기는 중년 신사를 알고 있습니다. 그는 이제까지 허겁지겁 앞만 보고 달리다가 여유가 생기자 삶의 진정한 즐거움과 의미를 생각하며 피아노 교습소를 찾았다고 합니다.

이 신사는 가난한 어린 시절 집에 피아노가 없었지만 언젠가는 나도 아름다운 여성 앞에서 멋지게 프로포즈를 하고야 말겠다는 소망이 있었다고 합니다. 지금 그는 어릴 때의 그 꿈이 실현되기를 바라며 굳은 손가락으로 체르니를 연습하고 있습니다.

겸손한 귀

일반인이 교향곡을 들을 때는 마치 지휘자처럼 "현악기 파트가 좀 부실하고 관악기 부분은 괜찮아"라는 식으로 평론하는 것은 힘들고 그럴 필요도 없습니다. 들어서 마음에 위안이 되거나 기분이 좋아지면 그뿐이니까요.

가끔 클래식 잡지나 방송의 이런 현학적인 해설이 우리를 불편하게 하는 경우가 있습니다. 차라리 작곡가의 삶이나 작곡 배경 같은 이야기를 들려주었으면 하는 바람이 있었습니다.

스티븐 호킹의 《시간의 역사》를 읽었다는 사람은 많지만, 그것을 요약해서 쉽게 설명하는 사람은 거의 없습니다. 의무감에 꼭 읽어야 할 교양서적이라고 해서 책을 들지만 몇 페이지 넘기지 못하고 포기하는 경우가 많습니다.

《아직도 책을 읽는 멸종 직전의 지구인을 위한 한 권의 책》을 쓴 대단한 애서가 조 퀴넌은 《시간의 역사》에 대해 이렇게 말했습니다.

∞ 이런 책이 800만 부 팔렸다. 지구상에 이런 문장을 이해할 수
있는 사람은 8000명, 아니 800명도 안 된다. 여덟 명은 되겠
지. 하지만 나는 그 여덟 명 중 하나가 아니다. 이런 책을 사
는 사람은 한 1년 현관문 근처에 책을 세워두고 이따금 우표
가 딱 붙도록 눌러주는 용도로 쓰든가 신뢰할 수 없는 배우
자의 머리통을 갈겨주는 용도로 쓴다.
　　　　—《아직도 책을 읽는 멸종 직전의 지구인을 위한 한 권의 책》

아무리 귀가 발달해도 "이 앨범은 푸르트뱅글러가 아니라 토스
카니니임이 틀림없어"와 같은 발언은 코카콜라와 펩시콜라를 블
라인드 테스트로 정확히 구분해내는 경지가 아닐까요.
　지적 허영심에 가득 찬 전문가보다는 겸손한 귀로 어떻게든지
교감의 폭을 넓히려고 노력하는 사람이 많다면 클래식의 문턱도
더 낮아지지 않을까 생각합니다.

인연의 힘

인생사와 마찬가지로 음악계에서도 클래식 음악의 역사를 바꿀
정도의 많은 만남이 있었습니다. 사제의 연으로 하이든과 베토벤
이 만났고, 베토벤과 모차르트도 짧지만 강렬한 만남의 순간이 있
었습니다. 이 자리에서 음악 선배 모차르트가 될성부른 떡잎 베토
벤의 성공을 예견하기도 했습니다.

프랑스 남부지방 아를에서 있었던 고흐와 고갱의 만남이 회화사에서 인상파의 큰 물줄기를 이루고 서로에게 상당한 예술적 영감을 불러일으키는 계기가 된 것도 잘 알려진 이야기입니다.

거장에 의해 발굴되어 단번에 스타덤에 오르거나 지름길로 달려가는 사례도 있습니다. 카라얀이 발굴하거나 추천한 음악가 중에 조수미, 안네 조피 무터, 호세 카레라스 같은 익숙한 이름들이 있습니다.

일본의 지휘자 오자와 세이지도 카라얀의 후광을 입었습니다. 카라얀이 베를린 필에서 하차한 결정적 계기는 단원 추천 문제였습니다. 그는 23세의 여류 클라리네티스트 자비네 마이어를 베를린 필 창단 이래 최초의 여성 단원으로 추천했지만 단원들이 거부했습니다. 이는 베를린 필과의 인연에 균열을 불러왔고 끝내 결별의 단초가 되었습니다.

차이코프스키와 메크 부인도 한동안 예술가와 후원자의 모범적인 사례처럼 보이기도 했지만, 결국 결별로 끝납니다. 예술에 관심이 많은 재력가인 메크 부인은 14년간 차이코프스키에게 거금을 후원해 창작의 밑거름이 되어주었습니다. 하지만 그 긴 시간 동안 두 사람은 한 번 짧게 마주치기는 했지만 제대로 만난 적은 없었습니다. 〈교향곡 4번〉은 고마움의 표시로 메크 부인에게 헌정한 곡입니다.

38세에 아홉 살 연하의 제자 안토니나 밀류코바의 구애를 못 이겨 결혼한 차이코프스키는 3개월 만에 이혼합니다. 이후 자살 소동까지 피워 그의 성 정체성이 동성애자가 아닌가 하는 의심을 불러 일으켰습니다. 메크 부인이 후원을 중단한 직접적인 원인은 차이코프스키가 동성애자였기 때문일 거라고 추정하기도 합니다.

이후 차이코프스키는 후원 중단에 상심해 〈교향곡 6번〉을 작곡하고 초연한 지 일주일 뒤 사망했습니다. 〈교향곡 6번〉을 '비창'이라고 하듯 차이코프스키 인생은 장조가 아닌 단조로 끝났습니다. 인연과 만남은 걸작을 낳음과 동시에 비극이 되기도 합니다.

지휘자와 오케스트라의 만남도 궁합이 맞아야겠지요. 오케스트라 세계에서 지존급이라고 할 베를린 필에서 스스로 물러난 사이먼 래틀은 런던 심포니로 자리를 옮기면서 파격의 무대를 연출하며 서로의 축복 속에 헤어지는 모습이 2018년 외신으로 보도되었습니다.

한국의 대표적 교향악단 서울시향과 정명훈의 소송과 비방전으로 점철된 아름답지 못한 이별 과정을 많은 클래식 팬이 안타깝게 지켜보았습니다. 교향악단도 지휘자와 좋은 만남이 이뤄진다면 실력이나 위상이 모두 올라가겠지요.

음악의 축복

∞ 지금까지 나를 가장 흥분하게 만드는 일 중 하나는 바로 노래가 떠오를 때까지 아무 데도 가지 않고 앉아서 기타나 피아노를 치는 것이다.

2015년 5월 내한 공연을 마친 폴 매카트니의 말입니다. 음악가의 자세를 떠나 그가 젊음을 유지하는 비결이 음악의 무한 몰입이 아닌가 짐작합니다.

1942년 리버풀 태생인 이 노인 아닌 노인은 일본 팬들 앞에서 2시간 40분 동안 수십 곡을 연속 불러서 환호를 받았다고 합니다. 그의 건강을 걱정하는 팬들이 물이라도 좀 마시고 쉬면서 하자고 할 정도였다니 체력과 젊음의 비결이 무엇인지 궁금합니다.

수많은 곡을 머릿속에 담아두고 노래로 부르는 기억력도 그 나이를 감안하면 상당한 수준이 아닌가 짐작됩니다. 음악, 특히 악기를 다루는 사람의 뇌나 기억력이 그렇지 않은 사람보다 상대적으로 낫다는 실험 결과도 있습니다.

미국 노스웨스턴대학교의 크라우스 교수가 이를 실험으로 증명했고, 음악이 뇌에도 좋다는 사실은 여러 가지로 증명되고 있습니다. 악기를 하나쯤 연주할 수 있다면, 뇌 건강에도 좋을 테고 정신을 평온하게 다스리는 데에도 도움이 될 것입니다.

클래식을 사랑한 작가들

앙드레 지드는 쇼팽에 대한 존경과 극찬은 물론 직접 쇼팽의 곡을 연주할 정도로 클래식에 대단한 사랑을 보였습니다. 그가 쓴《쇼팽 노트》에는 쇼팽을 불안에 기초를 둔 완벽주의자라고 칭찬하고, 시인 보들레르에 비견한 내용이 있습니다. 그는 바그너가 오페라까지 넘나들며 다양한 곡을 작곡한 것을 백화점식 나열이라고 폄하했습니다. 대신 피아노곡에 분야를 한정해 작곡한 쇼팽을 두고 꼭 필요한 것만 재현하고 넌지시 설득해 자신의 슬픔을 넘어 기쁨에 도달한 사람이라고 추켜세웠습니다.

그런가 하면 자신의 작품 곳곳에 클래식과 재즈곡을 삽입한 무라카미 하루키는 클래식에 대한 남다른 식견을 가진 듯합니다. 한국인에게 친근한 일본 소설가 하루키는 소설에서 재즈와 클래식곡을 자주 언급함으로써 음악 애호가의 면모를 뚜렷이 보입니다.

그는 자전적 소설 《1973년의 핀볼》에서 바로크 음악을 이렇게 흥미로운 방식으로 인용하고 있습니다.

> ∽　기분 좋게 화창한 11월의 오후, 제3기동대가 9호관에 돌입했을 때는 비발디의 〈화성의 영감〉이 최대 볼륨으로 흘러나오고 있었지만 진위 여부는 알 수 없다. 69년을 둘러싼 훈훈한 진실 중 하나다.

대학 건물을 점거하고 구호를 외치던 전공투 세대로 학생운동을 했던 하루키가 클래식을 통해 비유적으로 세상을 해석한 것은 아닐까요. 소설을 찬찬히 읽어보면 뒤늦게 젊은 시절의 초상을 돌아보는 하루키의 마음이 담긴 것 같습니다.

소설 〈1Q84〉에는 시벨리우스의 〈바이올린 협주곡 Op. 47〉이 나옵니다. 조화로운 하모니 속에 풍부한 낭만성으로 우리 귀에 익숙한 이 곡은 소설에서 우시카와가 목욕탕에 들어갔을 때 라디오에서 흘러나오는 곡으로 묘사됩니다.

스포츠가 클래식이라는 옷을 입을 때

배경음악이 없으면 보는 즐거움이 없어지는 스포츠가 있습니다. 대표적인 것이 피겨 스케이팅입니다.

한국인이 대부분 좋아했고 나도 한때 가장 좋아한 스포츠 스타 중 하나는 김연아 선수였습니다. 인간이 신체적 능력을 통해 한계를 극복하는 많은 스포츠가 있지만, 그 중에서 피겨 스케이팅은 예술적 아름다움과 결합해 표현하는 점이 멋있습니다.

거슈윈의 〈랩소디 인 블루〉, 림스키 코르사코프의 〈세헤라자데〉 같은 많은 클래식 명곡이 김연아 선수의 멋진 스케이팅과 어우러져 아름답게 표현되는 모습은 보고 또 봐도 질리지 않습니다. 인간의 신체적 한계에 도전하는 스포츠가 예술의 옷을 입으니 엄청난 매력이 뿜어져 나옵니다.

국적을 떠나 아름다운 소녀들이 요정처럼 얼음판을 지칠 때 클래식 선율과 어우러진 아름다움을 감상해보면 어떨까요. 스포츠도 가끔은 예술이 되기도 합니다. 외국 중계진들이 김연아의 눈부신 연기를 칭송하다못해 '찬양'하는 표현은 하나의 시詩가 되기도 했습니다.

달에게 바치는 노래

드보르작의 오페라 〈루살카〉는
많이 공연되는 작품은 아니지만 1막에 나오는
〈달에게 바치는 노래〉는 여성 성악가들의 애창 아리아로
자주 무대에 오릅니다. 아름다운 음색의 하프 연주로 시작하는
아리아는 동화의 세계로 우리를 인도합니다.
왕자와 이루지 못한 요정의 사랑이
애절한 선율에 담겨 있습니다.

클래식의 우열

클래식 음악은 모두 위대한가요? 그 중에서도 우수하고 객관적으로 점수를 줄 수 있는 곡은 무엇일까요? 등수 매기기 좋아하는 사람들이 이런 어리석은 질문을 던집니다.

이에 대해 마르틴 게크는 《흑등고래가 오페라 극장에 간다면》에서 이렇게 말합니다.

> ∞ 클래식 음악은 조금의 오차도 허용되지 않는 완벽한 시스템이 아니다. 그보다는 본능적이고 자연스럽고 모순적이기도 한 인간에 비유하는 편이 더 바람직한 것 같다. 누군지 알 수는 없지만 체스를 고안한 사람은 대단한 천재이다. 체스에서는 어느 한쪽도 실수를 안 하는 완벽한 판은 없다. 그 대신에 수없이 많은 흥미로운 판이 존재한다. 누군가 자기도 모르는 사이에 실수를 해야 다른 누군가를 이길 수 있다. 아차 싶은 실수가 있어야 대단한 한 수가 나올 수 있다. 음악에서 최고의 한 수를 둔 작곡가는 베토벤이 아닐까 싶다.

체스와 달리 음악이라는 예술 세계에서 완벽한 승자는 있을 수 없겠지요. 듣는 이의 취향 문제는 있어도 시대와 취향을 압도하는 절대적으로 우월한 음악은 없을 것입니다.

예술가와 인권

여섯 살 때부터 연주여행을 다니고 엄청난 연습량을 소화한 모차르트에 대해서는 그의 천재성에만 주목해야 할까요? 삼십 대에 요절한 것이 혹시 성장기에 아버지에게 이끌려 너무 심하게 혹사당한 후유증 때문은 아닐까 하는 의심도 듭니다.

아동 학대에 가까운 아버지의 집착이 나중에 부자 관계가 멀어지게 한 원인은 아닐까요. 궁금증은 음악학자들의 몫만은 아닙니다. 아동 인권을 생각하는 부모들도 생각해볼 일입니다.

〈파리넬리〉라는 영화가 있습니다. 거세된 남성으로 여성의 음역까지 소화하는 카스트라토인 파리넬리는 연주회에서 청중들을 즐겁게 했습니다. 카스트라토는 중세 유럽 교회에서 여성이 큰 소리로 노래 부르는 것을 금지한 것에서 유래했습니다. 오늘날은 이런 방식으로 여성의 음역을 소화할 수 있는 남성은 없지만, 카운터 테너가 이를 대신한다고 볼 수도 있습니다. 최근 한국에도 소수의 카운터 테너가 아름다운 소리로 감동을 주고 있습니다.

스페인 국왕에게 아름다운 목소리를 들려주기 위해 억류되다시피 하며 무대에 섰던 파리넬리는 은퇴 후 고향인 이탈리아 볼로냐로 돌아왔습니다. 큰 저택에서 부유하게 산 것처럼 보였지만, 그는 여생을 고독과 우울증에 시달렸습니다. 파리넬리는 당시 기준으로는 장수해 77세를 일기로 사망합니다.

모차르트의 오페라 〈피가로의 결혼〉에서 알마비바 백작은 하녀 수잔나가 시집가기 전에 '초야권'을 행사하려고 합니다. 즉 신랑의 품에 안기기 전에 먼저 주인과 하룻밤을 보내야 한다는 것입니다. 요즘 시각으로는 기가 찰 노릇이지만, 당시 귀족들은 이런 반인권적이고 야만적인 행위들을 버젓이 자행했습니다.

인권이 중시되는 요즘에도 K팝 가수들 혹사 논란, 연예계의 반인권적 스캔들이 심심치 않게 일어납니다. 어린 영혼들에게 어른의 만족을 위해 너무 많은 희생을 강요하지는 않았는지 돌아볼 일입니다. 예술을 한다는 명목하에, 훌륭하게 만든다는 명분하에 어린 영혼들을 연습실로, 대치동 학원가로 몰아붙이고 있지 않은지 말입니다.

음악과 템포

음악에서 빠르기를 표기하는 용어로 이탈리아어 '비바체' '알레그로' '안단테' 같은 말이 널리 쓰이고 있습니다. 그런데 이런 이탈리아식 표기에 반기를 든 사람이 베토벤입니다.

베토벤은 독일의 멜첼이 만든 메트로놈을 상당히 신뢰해 이를 악보에 표기했습니다. 그러나 메트로놈 보급이 잘 안 됐고 후대 사람들이 이탈리아식 표기를 계속 사용함으로써 이 용어들은 오늘날 보편적인 음악용어로 자리 잡았습니다. 하지만 베토벤의 말처럼 다소 막연한 느낌이 있습니다.

베토벤은 1817년 작곡가이자 음악평론가인 이그니츠 폰 모젤에게 보낸 편지에서 이탈리아식 표기에 대해 이런 불만을 토로하고 있습니다.

예를 들자면 알레그로보다 더 불합리한 게 어디 있겠습니까? 경쾌한 리듬을 의미하지만 우린 진정한 의미를 알지 못합니다. (…) 따라서 알레그로와 안단테, 아다지오, 프레스토 등 4개는 없애는 게 좋겠습니다.

베토벤은 일부 악보에 메트로놈의 횟수를 정확히 기록하기도 했지만 후대에서는 이를 거의 지키지 않았습니다. 그렇지만 베토벤은 빠르기말을 비교적 상세히 기록해 작곡가의 의도를 연주자들이 정확히 표현하도록 했습니다.

베토벤의 〈교향곡 9번〉의 예를 보면 1악장은 빠르게 그러나 지나치지 않게 그리고 조금 장엄하게Allegro ma non troppo, un poco maestoso, 2악장은 매우 빠르고 쾌활하게Molto vivace, 3악장은 아주 느리게 노래하듯이 부드럽게Adagio molto e cantabile, 4악장은 지축을 흔드는 합창과 함께 더욱 자세히 표기해놓았다. 매우 빠르게Presto, 빠르게 그러나 지나치지 않게Allegro ma non troppo, 빠르고 생기있게 Vivace, 느리게 노래하듯이 부드럽게Adagio cantabile.

이런 빠르기말은 사람이 평소 걸을 때의 일반적인 심박수(분당 80비트 정도)를 기준으로 이탈리아에서 정했다는 설이 있지만 정확하지는 않습니다. 사람마다 빠르다는 느낌이 주관적이듯이 일반적인 템포에 대한 느낌은 지휘자나 음악가들이 기계적으로 같을 수는 없습니다.

지휘자들의 곡 해석에 따라 교향곡의 템포도 많이 달라지는 것이 현실입니다. 우리 인생의 템포도 나이에 따라 체감 속도가 다르듯이, 기계가 모든 걸 대신할 수 없는 것이 '템포' 아닐까요.

오케스트라에서는 자꾸 빨라지는 느낌을 자제시키는 연습을 지휘자가 지시하는 경우가 많습니다. 연주를 하다 보면 음악에 젖어 들어가서 자신도 모르게 빠르기를 냉정하게 지키기가 쉽지 않습니다. 주관적일 수 있는 템포를 기계가 정확히 기록해도 선율과 함께 어우러진 우리에게 편안함을 주는 고유의 템포를 찾는 것은 연주자들의 몫입니다.

우리 삶도 남들보다 늦고 빠르고의 문제를 단순 비교하기 힘들지 않을까요. 사람마다 살아가는 고유의 템포가 있으니까요. 남들의 빠른 출세에 조바심을 내거나 자신의 템포와 리듬을 잃어버린다면, '자신의 인생'이라는 작품의 완성도 엉망이 되지는 않을까요.

조화의 예술, 오케스트라

솔리스트로 혼자 연주하는 것과 오케스트라 단원으로 연주하는 것은 다릅니다. 스포트라이트를 받는 독주자는 풍부한 감정을 실어 혼신을 다해 연주하다 보니 표정이나 곡을 대하는 긴장감의 정도가 다릅니다.

오케스트라 구성원으로서 연주할 때는 전체의 조화에 신경써야 합니다. 음악감독인 지휘자가 요구하는 템포에 맞춰 강약, 악상을 일치시키고 전체의 색깔을 함께 표현해야 합니다. 오케스트라 연주자가 조직에 소속된 회사원이라면, 솔리스트는 큰 조직에 기대거나 조화의 문제에 집착하기보다는 개인기를 보여줘야 하는 개인사업자 같은 존재 아닐까요.

어떤 상황에 처해 있더라도 개인의 실력이 뒷받침되지 않으면 조직에 피해를 주거나 사업에서 성공하기 힘들 듯이, 연주자의 기량이 뒷받침되어야만 훌륭한 연주가 되는 것은 상식 아닐까요.

편견 없는 귀로 듣기

클래식 애호가였다가 갑자기 음악 취향을 바꾼 어떤 사람이 있습니다. 그는 바로크 음악도 교향곡도 이탈리아 오페라도 심지어 그 복잡하고 지루하다는 현대음악까지 샅샅이 들었지만, 결국 재즈에서 안식을 찾았다는 것입니다.

> ∞ 철학과 법학, 의학과 신학까지 두루 공부했지만 아는 것이라고는 아무것도 모른다는 점뿐이다.

《파우스트》의 이 첫머리 말은 우리를 다시 돌아보게 합니다. 인간이 가진 지식의 한계도 생각하게 합니다. 자살을 결심한 파우스트의 겸손과는 달리, 마치 클래식을 섭렵하기라도 한 것처럼 다른 음악 장르로 쉽게 전향서를 쓰기보다는 좀 더 차분히 그 묘미를 알

때까지 기다려보는 것은 어떨까요.

물론 클래식 음악이 철 지난 고물 같고, 요지부동에 고지식한 이미지, 듣는 이를 식상하게 하는 점이 전혀 없지는 않습니다. 들어도 들어도 기쁨의 샘으로만 넘친다고는 할 수 없을 것입니다. 클래식 음악은 종교가 아니니까요.

반면 팝음악은 3분 내외의 짧은 시간에 한 곡을 뚝딱 감상할 수 있습니다. 다양한 곡이 쉴 새 없이 쏟아져나오기도 합니다. 클래식과 점점 멀어지고 대중가요에 귀가 솔깃해지는 것을, 힘든 시절을 견디게 하고 용기를 준 조강지처를 버리고 또 다른 여인을 탐하는 것에 비유한다면 비약일까요.

파우스트처럼 찰나의 소중함을 깨닫고 절규하며 붙잡으려는 시기가 지나고 자살을 생각하는 순간에 이르지 않았을지라도, 꾸준히 그리고 잔잔히 깔리는 그 자극적이지 않은 클래식의 맛을 알게 된 사람들이 많습니다.

상처받은 영혼을 위로해주는 클래식 음악에 대해 엄지손가락을 추켜세우지 않았던 사람들도 클래식 거인들의 발자취에 귀를 기꺼이 맡긴다면 아마도 그 은은한 매력에 언젠가는 빠져들 것입니다.

문화적 상대성과 궁극의 미

클래식 음악이 다른 음악에 비해 우월한가요? 음악 장르에 우열이 있나요? 어리석은 질문을 던져보지만, 모든 문화가 그렇듯이 우열을 가린다는 것은 바람직하지도 않고 정답도 없습니다.

서양음악에 현악4중주가 있다면 한국음악에는 타악4중주인 '사물놀이'가 있습니다. 정서를 어루만지는 방식은 다르지만 음악의 절대적 우열을 논하는 어리석음은 범하지 말아야겠습니다.

클래식 음악을 전체 음악 장르에서 우위에 놓고 교주나 성경처럼 떠받드는 예찬론은 문화 상대주의 같은 거창한 이론을 들이밀지 않더라도 경계할 점이라 봅니다. 클래식 예찬론자들도 대개 클래식의 향기에 취해 있다가 자기만의 새로운 시야가 트이면 개종하듯 다른 장르로 옮겨가는 경우가 많기 때문입니다.

우리의 클래식, 국악

베토벤의 교향곡이나 모차르트에 대해 줄줄 꿰고 있는 클래식 애호가는 많아도 국악에 대해 많이 아는 사람은 드뭅니다.

조선시대에 박연은 세종과 함께 우리 음악의 기준음을 정하고 아악을 체계화하고 악기를 개량해 한국음악의 정비에 기여한 사람으로 기억됩니다. 그런데 지금 우리 음악의 실체를 일반 대중은 잘 알지 못합니다.

애초 우리 음악의 범위가 어디까지인지가 불명확하고, 국악은 어렵고 지루하며 이해하기 힘든 음악이라는 이미지가 굳어 있기 때문이기도 합니다. 그리고 소수에 의해 의무적으로 전승되거나 연주되는 음악 정도로 아는 사람이 많기 때문이기도 할 것입니다.

그런데 음악은 보편과 특수의 문제로 경계를 나누기 어려운 부분이 있습니다. 예술은 형식입니다. 캔버스에 그림을 가두고 콘서트홀과 CD에 음악을 가두고 그것을 예술이라고 이름 붙이고 통조림처럼 즐겨 향유하는 것도 하나의 형식입니다. 그러다 보니 궁극의 예술은 무엇인가를 생각하면, 결국 미학적 질문에 부딪힙니다.

'사물놀이 창시자' '국악' '장구' 하면 떠오르는 사람은 국악인 김덕수입니다. 그의 트레이드 마크가 된 사물놀이의 탄생에는 건축가 김수근과 민속학자 심우성이 있었다고 합니다.

국악으로 진로를 정했지만 앞날이 불안했던 김덕수가 연출 공부를 위해 일본 유학에 뜻이 있다고 하자 김수근이 호되게 야단을 치며, 그런 쪽은 아무나 할 수 있으니 너는 너만 할 수 있는 길을 계속 가라고 했답니다. 그리하여 '공간' 사옥에서 사물놀이를 처음 선보이게 되었습니다.

폭발적인 반응을 얻은 그 공연을 계기로 "사물놀이의 김덕수"라는 굳건한 브랜드가 생겼습니다. 이어 미국에서도 찬사가 이어져 워싱턴주립대학교에서 민속음악 관련 교수로 초빙까지 받았는데, 때마침 한국예술종합학교에서도 제안이 왔습니다. 이에 김덕수는 한국에서 후학들을 양성하며 국악의 세계화에 힘씁니다.

그는 서양음악의 단선적 리듬보다 국악의 혼합된 듯한 복선적 리듬의 세계에 또 다른 맛이 있다는 것을 알고 사물놀이를 확산시키는 동시에 〈난타〉와 같은 문화 콘텐츠에도 사물놀이에 사용되는 타악기의 개성이 스며들게 했습니다.

오늘날 보급 영역이나 연주 빈도로 보면 서양음악이 지배적인 음악으로 군림한 듯 보이지만, 모든 문화가 그렇듯이 음악은 어떤 것이 우수하고 열등하다는 차원으로 볼 대상은 아닙니다.

많이 연주되고 비싸게 팔리는 것이 우월하다는 생각은 지극히 위험할 수 있습니다. 음악 장르마다 어떤 특색과 울림이 있는지, 그 개성을 찾고 새롭게 융합하고 다양한 요소를 응용할 필요가 있습니다.

김덕수의 장구가 전기적 장치를 갖춘 일렉트릭 장구가 되고, 서양 오케스트라와의 협연도 지금보다 더 활발해지고…… 그렇게 100년이 지나면 사물놀이 악기가 오케스트라에서 필수 타악기가 될지도 모르지요.

누구나 연주의 괴로움과 기쁨을 누릴 자격이 있다

가끔 한강변에서 색소폰 동호회 회원들이 자신의 설익은 기량을 뽐내기도 합니다. 또한 구민회관과 같이 비교적 문턱이 낮은 무대에서는 아마추어 연주자들이 갈고닦은 실력을 자랑합니다.

예술에 등수를 매길 수 있을까요. 물론 콩쿠르에서는 엄격하게 등위를 가립니다. 그렇지만 감동의 크기는 기량의 완숙미와는 다를 때가 있습니다. 자기 자식들이 고사리손으로 연주하는 피아노 소품들은 때로는 백건우나 조성진의 차이코프스키보다 뭉클하게 다가올 때도 있을 것입니다.

잡지《뉴요커》기자 출신인 찰스 쿡은 그의 책《재미 삼아 피아노 치기》에서 아마추어 연주자에게 이런 위로의 말을 전합니다.

> 연주할 때 많은 프로보다 아마추어인 당신의 처지가 더 낫다는 것을 기억하라. 아마추어는 가혹한 연습에 대한 부담이 없다. (…) 아마추어는 다른 취미와 마찬가지로 음악을 좋아서 하는 사람이다. 그래서 당신의 처지를 이해하고 우호적인 자세로 들어줄 사람이 있다면 그런 관객에게 기쁨을 줄 수 있다.

'하는 음악'의 즐거움을 누리기 위해서는 찰스 쿡의 말에 용기를 얻어 동네 오케스트라나 다양한 동호회의 문을 두드려보기를 권합니다.

9번 교향곡 징크스

악성 베토벤은 9개의 교향곡으로 후세 작곡가들이 탄복하게 함은 물론, 더 이상 베토벤에 견줄 수 있는 작품을 만들 수 없을 것이라는 좌절감을 안겨주었습니다. 그리고 베토벤은 이후에 10번 교향곡을 작곡하지 못하고 사망합니다.

베토벤의 높은 작품성에 경탄하고 동시에 좌절한 대표적인 작곡가가 브람스입니다. 바흐, 베토벤과 함께 독일 출신의 대표적 작곡가로 후세에 '3B'로 불릴 만큼 대단한 작곡가이지만 베토벤이라는 난공불락의 성을 의식하지 않을 수 없었습니다.

브람스는 슬럼프를 극복하고 〈교향곡 1번〉을 작곡해 찬사를 받았지만 베토벤의 9번 교향곡과 형식적으로 비슷해 제10번 교향곡으로 불릴 정도였습니다. 베토벤이 9번 교향곡을 작곡하고 죽은 후 드보르작, 브루크너도 9번이 마지막 곡이 되었습니다. 슈베르트도 논란은 있지만 〈미완성 교향곡〉이 아홉 번째 곡이라는 설도 있습니다.

말러는 이러한 역사적 사실을 인지해선지 이런 아홉수를 피하려고 8번 교향곡 다음에는 아예 숫자를 넣지 않고 교향곡 〈대지의 노래〉를 작곡했습니다. 그렇게 무사히 아홉수를 극복했다고 판단한 말러는 다음에 9번 교향곡을 무사히 완성했습니다. 그러나 말러는 이후 다른 교향곡을 작곡하던 중 1911년 사망하고 말았습니다. 결국 교향곡 9번의 징크스를 극복하지 못한 걸까요.

음악의 아버지와 어머니

중고교 시절 음악 시간에 음악의 아버지는 바흐, 어머니는 헨델 이렇게 외우면서 왜 이들이 아버지이고 어머니인지는 이해하지 못했습니다. 두 사람은 클래식 음악의 형식미를 공고히 한 공로를 후대에서 인정받았기에 이렇게 불립니다.

바흐와 헨델은 독일 출신 작곡가입니다. 둘은 불과 반경 100킬로미터 남짓 떨어진 곳에서 비슷한 시기에 태어났습니다.

음악의 고전적 형식미를 정립한 바흐는 〈평균율 클라이버곡집〉과 〈골트베르크 변주곡〉 등 후대 작곡가들이 입을 모아 칭송하는 수많은 작품을 남겼습니다. 헨델은 성경 이야기를 오페라적 요소로 담아낸 종교음악 오라토리오 〈메시아〉를 만들었습니다.

한 번도 독일을 벗어나지 않고 한 소도시에서만 머물면서 평생 교회음악에 몰두한 바흐는 많은 자녀를 낳고 가난 속에서도 음악에 전념했습니다. 헨델은 대중 취향의 많은 곡을 작곡하며 유럽 여러 나라에서 인기를 구가하다 영국에 정착해 음악 인생을 마무리합니다.

헨델의 음악은 잘 보존되었습니다. 반면에 바흐의 음악은 다수의 악보가 사장되었지만, 후대에 멘델스존 같은 음악인들이 상당 부분 재발견해서 빛을 보기도 했습니다.

지금 전 세계적으로 가장 인기 있는 클래식 레퍼토리의 하나인 〈무반주 첼로모음곡〉은 첼로의 성자聖子라고 일컬어지는 파블로 카잘스에 의해 발견되고 연주되어 세상에 알려졌습니다.

유감스럽게도 이 '아버지'와 '어머니'는 동시대를 살았지만 만나지 못했습니다. 그리고 두 사람이 같은 돌팔이 안과의사를 만나 치료를 받았는데, 운명의 장난처럼 바흐는 치료 후 얼마 안 지나 사망했고, 헨델은 바흐보다 11년 정도 더 살았습니다.

헨델의 아버지는 아들이 법률가가 되길 바랐지만, 어머니의 지원으로 헨델은 다락방에서 몰래 음악 공부를 하며 클래식의 역사에 길이 남는 음악가가 되었습니다.

헨델은 이탈리아 음악의 오페라적인 요소에 영국 왕실에서 일하며 쌓아온 독특한 면모를 반영해 독자적인 음악세계를 구축했습니다.

영국의 작곡가로 언뜻 헨델과 엘가 두 사람을 떠올릴 수 있을 정도로 영국의 클래식 전통은 약한 편입니다. 헨델의 국적이 독일인지 영국인지에 대한 논란은 차치하더라도 바흐, 베토벤, 브람스, 베버, 바그너 등 걸출한 작곡가들을 배출한 독일과는 대비됩니다

로컬라이제이션과 국제화 면에서 대조적인 두 사람은 서로 본적은 없지만, 클래식의 큰 물줄기를 독특한 방식으로 열었던 사람들입니다. 그래서 음악의 아버지와 어머니가 되기에 부족함이 없어 보입니다.

리스트, 최초의 아이돌이자 옴므 파탈

∽ 음악은 생명의 중심이다.
음악은 사랑을 전한다.
음악이 없으면 신이 존재할 수 없고
음악이 있으면 모든 것이 아름다워진다.

헝가리 출신의 피아니스트 프란츠 리스트의 말입니다. 그는 수려한 외모와 화려한 무대 매너로 여심을 사로잡았습니다. 당시 파리 사교계의 꽃미남 스타였던 셈이죠. 석고상 같은 꽃미남의 옆모습은 많은 여성의 가슴을 설레게 했습니다.

어떤 측면에서 대중예술이 산업화되기 이전에 최초의 스타로 간주해야 한다는 음악학자들의 견해도 있습니다. 음악을 대중들에게 전파하는 데 클래식이든 다른 장르든 스타의 힘은 예나 지금이나 대단한가 봅니다.

악마의 재능을 가진 파가니니를 동경한 리스트의 곡 〈파가니니 주제에 의한 변주곡〉은 기교의 절정(초절기교)을 보여줌으로써 많은 팬의 사랑을 받았습니다.

그러고 보니 현란한 기교로 팬덤을 형성한 파가니니와 리스트는 좀 닮은 데가 있습니다. 기벽에 가까운 생활로 세간의 이목을 끈 파가니니는 현란한 연주 솜씨가 마치 악마성을 지닌 듯 보였고 괴짜 예술가의 상징이 되었습니다. 리스트는 매력적인 사교계 황태자였고 수많은 여성 팬의 환호를 받은 당대의 스타였습니다.

당시 리스트의 캐리커처로 '반은 피아노, 반은 사람'인 '피아노 켄타우로스piano centaur'를 그릴 정도로 리스트는 인간의 기량을 초월한 사람이라고 알려져 있었습니다.

둘은 기량 측면에서는 가히 '초절기교'를 소화할 수 있는 연주자라는 공통점이 있습니다. 그리고 꾸준한 성실성으로 예술적 성취를 이루었습니다. 독특한 색깔로 자신의 팬과 열광적인 지지자들을 확보했다는 점도 비슷합니다.

자신과 싸우는 고독하고 우직한 기존의 예술가 이미지보다는 '낭만주의적 천재상'에 부합하는 둘은 피아노와 바이올린의 슈퍼스타로 시대를 넘어 아우라를 전하고 있습니다.

음악의 완성

어떤 음악이 훌륭한 음악일까? 이는 듣는 이의 취향 문제일 수도 있습니다. 궁극적으로 음악을 완성하는 것은 듣는 사람이니까요.

이런 견해는 음악학자 하레Rom Harre의 생각과 닿아 있기도 합니다. 그는 음악적 소리는 음악 외적인 실재(존재성)를 언급한다는 것에 반박했습니다. 하레는 철학자 칸트가 인간의 경험은 다양한 종류의 집합체에 의한 감각중추의 흐름으로부터 만들어진다고 생각했던 것과 같이, 음악은 듣는 이에 의해 만들어진다고 생각합니다.

이런 미학적이고 철학적인 궁극의 문제에 부딪히면 결국 열린 결론으로 빠져나가야 합니다. 예술은 극히 주관적이라는 상식에 기대어, 듣는 사람이 좋으면 그뿐이라는 취향의 문제로 귀결됩니다.

AI 지휘자와 작곡가

악기는 아니지만 가장 값싼 막대기 하나가 수십억을 호가하는 악기보다 막강한 영향력을 행사하는 것이 오케스트라 지휘의 세계입니다. 그런데 이 지휘도 AI가 대신하는 시대가 왔습니다. 클래식 음악의 상징 중 하나는 멋진 연미복을 입고 머리카락 휘날리는 카리스마 넘치는 지휘자입니다. 그런데 만약 지휘자가 로봇으로 대체된다면 어떨까요?

얼핏 생각해보면 인간이 기계가 아니기에 악보를 정확히 보고 음의 길이와 강약을 조절하는 능력은 기계에 뒤질 수도 있습니다. 그런데 로봇 지휘자가 실제로 지휘하여 화제가 되었습니다. 인간을 본따서 만든 휴머노이드 로봇이 지휘하는 콘서트 무대에 세계적으로 유명한 맹인 테너 안드레아 보첼리가 올라 눈길을 끈 것입니다.

보첼리는 2017년 9월 12일 저녁, 이탈리아 중부 피사의 베르디 극장에서 열린 '제1회 국제 로봇 축제' 개막 축하 공연에서 로봇이 지휘하는 루카 필하모닉 오케스트라에 맞춰 베르디 오페라 〈리골레토〉 중 아리아 〈여자의 마음〉을 열창했습니다.

이날 보첼리를 뛰어넘는 인기를 누린 이 로봇은 스위스 로봇 개발업체 ABB가 만든 '유미Yumi'라는 휴머노이드 로봇으로 이날이 지휘자 데뷔 무대였습니다.

영어 너(You)와 나(me)에서 이름을 딴 이 로봇은 루카 필하모닉의 상임 지휘자 안드레아 콜롬비니의 지휘 동작을 모방해 프로그램되어 있는 대로 음악을 이끌어갔고, 이날 공연에서 선보인 18곡 가운데 총 3곡의 지휘를 책임졌습니다. 로봇을 제자로 받아들인 셈이 된 콜롬비니 상임 지휘자는 AFP통신에 "로봇을 훈련시키기가 너무 힘들었다"며, 특히 "처음에는 로봇의 프로그램이 꼬이면 리셋에 30분이나 걸려 화가 날 지경이었다. 유미를 6분간 지휘하도록 훈련시키는 데 17시간이 걸렸다"고 고백했습니다. 하지만 그는 2008년 디트로이트 필하모닉을 지휘하며 첫 로봇 지휘자로 이름을 올린 '아시모'보다는 유미가 훨씬 정교하게 프로그래밍되었다고 평가했습니다.

그는 일본 혼다 자동차가 개발한 아시모의 경우 한 손으로만 위아래를 오가는 제한적인 움직임을 보일 수 있는 반면, 유미는 대단히 유연하다며 "유미는 나와 거의 동일하게 움직일 수 있는 능력을 갖췄다"고 설명했습니다.

실제로 '유미'는 이날 오른손으로 지휘봉을 잡고, 왼손으로는 음악에 맞춰 유려한 손동작을 보여주며 그럴듯한 공연을 이끌어 관중들의 큰 박수를 받았습니다. 그러나 갑자기 연주자들의 박자가 바뀌는 등의 돌발 상황에는 대응하는 것이 불가능했고, 프로그래밍된 대로만 지휘해 생동감이 떨어지는 로봇 지휘자의 한계도 드러냈습니다. 로봇 지휘자에게 지휘봉을 넘겨받은 콜롬비니가 무대에 올라 극적인 움직임과 몸짓으로 연주자들과 교감하는 모습에 관객들은 로봇 지휘자와 인간 지휘자의 차이점을 극적으로 실감했습니다.

콜롬비니는 "로봇은 단지 팔만 갖고 있을 뿐이지 영혼과 가슴이 없다"며 "이런 이유 때문에 로봇 지휘자는 인간 지휘자의 감수성과 정서를 도저히 대체할 수 없다"고 했습니다. 인간의 감수성과 교감 능력, 순간 대응 능력은 로봇이 결코 쉽게 흉내 내기 힘들지 않을까요.

AI 작곡도 현실화되고 있습니다. 실제로 스스로 작곡하는 컴퓨터 프로그램이 등장했습니다. 이것은 EMI(Experiments in Musical Intelligence), 즉 음악적 지능의 실험이라 부릅니다. 이 프로그램이 작곡한 곡을 들은 사람들은 마치 모차르트가 살아 돌아온 것 같다며 아름답다고 느꼈고, 언론은 "볼프강 아마데우스 매킨토시"라고 부르기도 했습니다.

AI 예술의 미래

AI가 그린 작품이 경매에서 팔리기도 하고 AI가 창작한 소설도 등장한 시대입니다. AI의 그림이 피카소의 그림 값을 웃돌고 AI가 쓴 소설이 신춘문예에 입상한다는 상상도 무리가 아니라는 생각입니다.

그림의 경우 대표적인 고가 작품들의 공통 요소를 분석해 그대로 그리고 소설도 베스트셀러나 작품상 수상작의 특징을 빅 데이터로 활용해 쓴다면 결코 불가능한 상상이 아니겠지요.

그러나 인간의 숨결이 느껴지는 예술을 뜨거운 피가 흐르지 않는 기계가 완벽하게 대체하는 상상은 그리 쉽게 실현되지 않을 것 같습니다.

실제로 많은 부분에서 도구의 발전이 인간의 예술 표현 양식을 바꾸어왔습니다. 문자의 시대, 회화의 시대 그리고 영상의 시대까지 표현 기술의 발전에 따라 인간의 예술 세계를 풍부히 해왔습니다. 백남준이나 다양한 개념 미술가들의 출현은 기술의 뒷받침이 없었다면 불가능했겠지요.

작가 김훈은 컴퓨터 대신 연필을 통한 글쓰기를 고집합니다. 작업의 효율성을 떠나 창작의 진정성에 관계된다는 면에서 연필의 유용성에 주목합니다. 앞으로 나타날 예술의 모습도 많이 변화될 것임은 분명해 보입니다. 기술의 발전을 인간의 감성과 조화시켜 좀 더 풍부한 세계를 만들어내는 것도 예술가들의 몫이 아닐까요.

클래식의 경계

클래식의 경계선은 어디까지일까요. 클래식 전문 연주자들이 연주하고 그 곡이 많은 사람에게 사랑받는 명곡이라면 전부 클래식의 범주에 들어갈까요?

‘클래식 음악’이라는 장르의 울타리를 친다면 대략 1600년경부터 20세기 말까지 바흐, 헨델에서 모차르트, 베토벤을 지나 차이코프스키, 말러에 이르는 서양음악의 대장정이라고 말할 수 있습니다.

　또한 지리적으로도 서양이 아닌 동양이나 중동, 아프리카에서도 체계적으로 악보로 기록되지는 않았지만 개인과 집단에 의해 훌륭한 음악이 나왔습니다. 그런 음악도 편곡되고 새롭게 악보에 옮겨져 클래식 연주자들이 들려주기도 합니다.

　우리의 민요 아리랑도 서양 악기로 구성된 오케스트라 선율로 전달되어 또 다른 묘미를 전해주기도 합니다. 순수하고 절대적인 것은 그것대로 가치가 있겠지만 시대에 맞게 변용하고 새롭게 적용시키는 것도 대중과 같이 호흡한다는 면에서 의미가 있습니다.

　굳이 경계를 정해서 ‘정통 클래식’이라고 부르며 담을 견고하게 쌓을 필요는 없을 것 같습니다. 이미 우리 마음속에 굳건하게 클래식으로 자리 잡고 있는 많은 영화음악들을 들어본다면 그 울타리는 쉽게 무너질지도 모르기 때문입니다.

　변화가 눈에 보이지 않을 정도로 느릴 수도 있겠지만 100년 후의 클래식은 많이 달라져 있을 것입니다. AI 로봇 지휘자에 대한 콘테스트가 일상화된 풍경도 상상할 수 있습니다.

　클래식에 대한 무조건적인 숭배나 강요는 또 다른 반감을 느끼게 할 수 있습니다. 화석화된 골동품으로서의 음악은 계속 새로운 변신을 요구하고 있습니다. 음악평론가 알렉스 로스는 저서《나머지는 소음이다》에서 이렇게 말합니다.

∞ 20세기 클래식 음악은 많은 사람에게 소음처럼 들린다. 그
것은 대개 길들여지지 않은 예술, 동화되지 않은 지하세계
이다. 뿌리기 기법으로 그린 잭슨 폴록의 추상화가 미술품
시장에서 100억 달러 이상의 가격에 팔리고, 매튜 바니와 데
이비드 린치의 실험적 작품이 전 세계 대학의 강의실에서 분
석되지만, 현대음악은 여전히 연주회에 온 청중들에게 불편
한 기분을 전염시키고 바깥세상에는 이렇다 할 영향력을 미
치지 못한다. 클래식 음악은 바흐에서 시작하여 구스타프 말
러와 자코모 푸치니에서 끝나는 죽은 작곡가들의 예술로 정
형화되어가고 있다. 가끔 사람들은 아직도 작품을 쓰는 작곡
가들이 있다는 사실에 놀라곤 한다.

물론 알렉스 로스의 견해가 극단적일 수 있지만, 클래식의 화
석화에 둔감하고 단단한 울타리를 만들어 새로운 기운을 거부하
는 움직임에는 보기 좋은 일침이 될 수 있습니다. 어느 분야에서든
그렇지만, 고정관념과 기득권층의 반발 때문에 혁신은 쉽지 않습
니다.

문명과 야만의 경계선

2010년 8월 5일 칠레 산호세 광산에서 33명의 광부가 매몰되어
68일 만에 극적으로 구조된 사건은 잘 알려져 있습니다. 무수한 휴

먼 드라마를 낳으며 지구촌의 화제가 된 이면에는 인간 본성에 대해 성찰한 작은 에피소드들이 많았습니다.

그 중에 기억나는 것은 구출 순서를 정할 때 맨 마지막에 누가 구출될 것인가를 두고 벌어졌던 작은 실랑이에 관한 이야기입니다. 기네스북에 이름이 오르는 문제와 관련되었다는 후문입니다. 생사를 넘나드는 동지들도 공명심을 가지고 서로 다투니, 인간의 본성은 어쩔 수 없나 봅니다.

예술 자체는 당장 빵처럼 먹을 수도 없지만 인간이 가치를 부여함으로써 천문학적인 금액의 명화가 되기도 하고 불후의 명곡이 되기도 합니다. 여기서 우리는 근본적인 미학이나 예술철학의 문제에 부딪힙니다.

천길 지하갱도 속에서 생사를 고민하는 사람들에게 피카소의 명화나 베토벤의 교향곡보다 물 한 컵, 빵 한 조각이 더 값어치가 있을 것임은 자명합니다. 그럼에도 우리는 인간 정신의 고귀함은 예술의 힘에서 나온다고 믿음으로써 실용의 굴레에 휘둘리지 않으려 용쓰고 있는 것은 아닐까요.

세기의 테너와 디바

한국인이 가장 사랑하는 오페라 가수를 조사한다면 남녀 부문에 각각 루치아노 파바로티와 마리아 칼라스가 뽑힐 거라고 예상합니다.

두 오페라 빅스타를 주인공으로 한 영화 〈마리아 칼라스 : 세기의 디바〉와 〈파바로티〉가 각각 2019년과 2020년에 한국에서 개봉했습니다.

엄청난 연습을 거쳐 정상에 서는 과정, 뜨거운 사랑과 불륜의 굴레, 싸늘한 대중의 시선을 극복하고 다시 대중의 사랑을 받는 모습이 리얼하게 그려졌습니다. 세기의 스타 파바로티와 칼라스의 삶은 한 편의 오페라이자 드라마였습니다.

파바로티는 지휘자 토스카니니처럼 디 스테파노의 대역으로 출연해서 기회를 잡아 데뷔했습니다. 그는 가정사의 혼란과 아픔 속에서도 눈물을 삼키고 무대에서 웃을 수밖에 없었던 사나이였고, 사랑하는 여인이 아플 때 더 따뜻하게 안아주는 사람이었으며, 딸이 아플 때 예정된 일정을 취소하고 그 곁을 지킨 아빠였습니다.

그리고 누구도 흉내 낼 수 없는 하이 C 음역의 소프라노 마리아 칼라스. 그녀는 선박왕 오나시스와 사랑의 줄다리기를 했고 커다란 상처를 받았습니다. 큰 공연을 펑크 내 음악계의 따가운 시선을 받고 슬럼프에 빠집니다. 사랑도 음악도 모두 디바를 떠났던 아픈 시기를 칼라스는 끝내 극복하고 다시 무대에 섭니다. 자손이 없는 말년의 칼라스 곁은 애견이 지키고 있었습니다. 54세에 떠난 전설의 디바는 아직까지 목소리로 우리 가슴에 살아 있습니다.

작은 영화 두 편이 주는 울림은 전설의 테너와 디바를 다시 깨워 더 넓고 큰 무대에 세웠습니다.

음악가 부모에게 드리는 헌사

이원숙 여사는 정명화, 정경화, 정명훈을 길러낸 장한 어머니로 알려져 있습니다. 피난길에도 피아노를 가지고 간 그 고집스럽고 억척스러움으로 세계적인 음악가를 3명이나 길러냈습니다.

　선배의 딸이 줄리아드 학교를 졸업하고 고국 무대에서 첼로 연주를 한 적이 있습니다. 그때 나는 이런 글을 써서 졸저 한 권과 함께 전달했던 일이 기억납니다.

∽　　첼리스트 OOO님께

　　나는 오늘 첼로의 성인이라는 파블로 카잘스의 연륜이 쌓인 완숙한 연주를 들으러 온 것도, 줄리아드 출신 어떤 첼리스트의 현란한 기교를 보러 온 것도 아니었습니다. 제가 존경하는 선배님의 사랑스러운 딸이 들려주는 선율에 숨어 있을 이야기를 느끼기 위해서였습니다.

　　오늘 경사스럽고 축하할 만한 훌륭한 무대를 보며 보이지 않는 눈물도 보았습니다. 그것은 제가 좋아하는 첼리스트 자클린 뒤 프레의 눈물도 아니었습니다. 님을 훌륭한 첼리스트로 길러내신 두 분 부모님의 가슴 뭉클한 눈물이었습니다.

　　줄리아드로의 힘찬 비상을 위해 어릴 때부터 마음고생하시며 뒷바라지하셨을, 이제는 백발이 된 중년신사가 한 분 있었습니다. 그 곁에는 기업인인 남편을 내조하며, 미래가 불투명했던 클래식 연주자 지망생 어머니로 마음 졸이셨을 님의 어머니가 계셨을 것입니다.

제가 아는 멋쟁이 신사분은 아마도 영욕의 세월을 묵묵히 견디며 딸을 위해 헌신하시면서 딸의 빛나는 재능을 당신 삶의 가장 큰 기쁨으로 여겼을 거라는 생각이 듭니다. 아마 딸 앞에서는 아무 일 없다는 듯이 호탕한 웃음을 지으며 등을 토닥였을지도 모릅니다. 그러나 헌신의 이면에서 두 분은 가슴으로 무수히 울고 또 울었을 수도 있다는 생각을 했습니다.

물론 이런 눈물을 닦아줄 콩쿠르의 낭보가 날아들 때마다 벅찬 희열로 서로를 껴안은 순간이 아직껏 소중한 마음속 앨범으로 남아 있을 것입니다. 오늘도 님은 두 분 인생에서 앨범 속 한 장이 되었을 줄 압니다.

연주회 축하하며 앞으로 프로 연주자로서의 긴 여정에 그리고 댁내에 항상 행운이 깃들기를 기원합니다.

— 아빠를 존경하는 후배

딸을 위해 헌신의 세월을 보낸 선배에게 드릴 수 있는 축하와 작은 위로의 메시지였습니다.

클래식 속 동양

말러는 〈대지의 노래〉 6악장에서 이태백, 맹호연 같은 중국 시인의 시세계와 동양적 세계관을 품었답니다. 푸치니의 〈투란도트〉

와 〈나비부인〉은 각각 중국과 일본을 배경으로 한, 세계인의 사랑을 받은 오페라입니다.

우리의 역사와 문화, '한국'이라는 브랜드를 클래식 선율에 실어 세계에 보낼 수 있다면 좋겠지만, 이렇다 할 뚜렷한 클래식 작품은 없습니다. 하지만 오늘날에는 대중가요에 의한 한류문화가 전 세계에 전파되고 있습니다.

그래도 오랜 역사를 가진 '클래식'이라는, 어쩌면 가장 지속성이 강하고 수용 범위도 넓은 편인 문화 콘텐츠에 우리의 모습이 등장하지 않는 것은 다소 아쉽습니다.

대신 한국을 알리는 정 트리오나 장영주, 장한나, 백건우, 손열음, 조성진 같은 뛰어난 연주자들이 한국의 자랑스러운 문화 대사로 세계를 누비고 있으니 그것만으로도 기분이 좋아지고 자긍심이 생깁니다.

'달'을 사랑한 클래식

동양에서는 태양을 양陽의 기운으로, 달을 음陰의 기운으로 보았습니다. 우리 조상들은 정월 대보름이나 추석에 만월滿月이 되면 소원을 빌기도 하고 달을 보고 계수나무와 토끼를 상상하며 친근감을 느끼기도 했습니다.

클래식에서는 '달'을 유난히 많이 다루었습니다. 대표적인 드뷔시의 〈달빛〉은 인상파 음악의 진수를 느낄 수 있는 곡입니다. 세상사 시름을 잊고 차분하게 침잠해 일상을 돌아보는 시간에 제격입니다. 폴 베를렌의 시 〈달빛〉에서 영감을 얻어 작곡했다고 하니 시와 음악을 동시에 감상하면 어떨까요. 시의 일부를 소개합니다.

> ∾   슬프고도 아름다운 조용한 달빛
> 달빛을 받아 숲속의 새들이 꿈을 꾸고
> 기쁨에 젖어 분수가 흐느끼네
> 대리석 사이의 커다랗고 멋진 분수가

강렬한 태양에 눈이 부실 때는 몰랐던 정서를 잔잔한 호수에 비치는 달빛을 보고 느끼는 경우가 많습니다. 태양이 헤비메탈 음악처럼 폭발하는 에너지를 상징한다면, 달은 차분히 스스로를 돌아보고 기도와 치유의 시간을 갖는 클래식에 어울리지 않을까요. 클래식에 문외한이라도 베토벤의 〈월광 소나타〉를 달빛을 보면서 듣는다면 이런 정서를 강렬하게 느낄 수 있으리라 짐작됩니다.

드보르작의 오페라 〈루살카〉는 많이 공연되는 작품은 아니지만 1막의 아리아 〈달에게 바치는 노래〉만큼은 익숙한 선율입니다. 여성 성악가들의 애창곡으로 자주 무대에 오릅니다. 아름다운 음색의 하프 연주로 시작해 동화의 세계로 이끌어가며 왕자와 이루지 못한 요정의 사랑을 애절한 선율에 담아냅니다. 아리아의 노랫말도 하나의 시입니다.

∞ 달아!
잠시만이라도 조용히 발길을 멈추어
내 사랑이 어디에 있는지 말해주렴
짧은 순간 꿈속에서나마
볼 수 있게 해주려무나
달빛이여
그에게 전해주렴
그에게 전해주렴
영원히, 영원히.

동양의 시인 이태백의 시에 드뷔시가 멋진 곡을 썼다면 아마도 그 음악을 듣는 애주가들의 주량은 훨씬 늘어났을 것 같습니다. 이 태백의 시구를 드뷔시의 음악과 함께 음미해보면 어떨까요.

∞ 달 아래서 나 홀로 술잔을 들며

이태백
꽃 속에 술단지 마주 놓고
짝 없이 혼자서 술잔을 드네
밝은 달님 잔 속에서 맞이하니
달과 나와 그림자 이렇게 셋이어라
달님은 본시 술을 못하고
그림자는 건성으로 떠돌지만
잠시나마 달과 그림자 동반하고

모름지기 봄철 한때나 즐기고저

내가 노래하면 달님은 서성대고

내가 춤을 추면 그림자도 따라 춤추네

깨어서는 함께 어울려 놀고

취해서는 각자 흩어져서 집으로 가네

영원히 엉킴 없는 교유를 맺고저

아득한 은하에서 다시 만나세

힘 빼고 클래식

"클래식, 만만하게 봐도 좋다. 클래식도 그 시대에는 대중음악이었다." 때로는 이런 마음가짐으로 클래식이 주는 고답적이고 중후한 이미지에 압도당할 필요가 없습니다.

그것으로 밥벌이를 하는 사람이 아니라면 그저 음악이고 삶의 디저트 타임을 풍요롭게 하는 오락이라고 해도 좋습니다. 소수의 사람이 지식을 독점하고 그들만의 리그를 완고하게 해놓았다고 지레 겁먹을 필요가 없습니다.

그 많은 클래식 곡목과 작곡가, 드넓은 클래식이라는 바다에 우리의 뇌를 무장해제하고 풍덩 뛰어든다면 또 다른 세계가 들릴 것입니다.

클래식 음악은 비싼 티켓을 들고 멋진 옷을 차려입고 연주회장에 가야만 만날 수 있는 것은 아닙니다. 지금도 우리 동네 문화회관 어디선가는 다소 미숙한 연주자가 정성을 다해 자신이 들려주는 선율을 많은 사람과 공감하고 싶어할지도 모릅니다.

들으면 때로 졸릴 수도 있고 끝이 어딘지 모르게 흐르는 선율, 가사를 알지 못하는 이탈리아어로 된 성악, 이런 것들만이 클래식의 얼굴 전부는 아닐 것입니다.

영화 〈그린북〉에서도 클래식 음악의 뒷모습을 볼 수 있습니다. 영화는 흑인 피아니스트와 그가 승용차 기사로 고용한 백인이 연주여행을 다니면서 벌어지는 에피소드를 다루었습니다.

흑백 갈등과 차별이 유난했던 1960년대 미국의 풍경 속에서 이들의 만남은 유별난 것이었기에 둘의 어색한 여행에서 다양한 에피소드가 생깁니다.

온갖 차별과 모욕 속에서도 자신의 인격적 존엄을 지키는 흑인도 마초 기질을 가진 백인도 앞에 마주한 편견의 장벽 앞에서 서로 갈등하지만, 결국 이해의 계단을 하나씩 올라가 친구가 됩니다. 물과 기름처럼 어울릴 수 없을 것 같은 두 사람은 서로 마음을 열어 갑니다. 차별과 편견이라는 두꺼운 벽이 가로막은 상황을 흑인 피아니스트가 아름다운 클래식 선율로 걷어냈기 때문이 아닐까요.

주위 사람과 마음의 충돌이 일어나 불편한 순간에 오해와 편견의 늪에서 한 발짝도 못 나가서 괴로워하는 시간에 클래식 선율에 우리의 귀와 뇌를 맡기면 어떨까요.

'클래식'을 찾아서

사전적인 의미를 떠나서 '클래식'이라는 말에는 유행을 타지 않고 세월을 넘어 굳건한 자기 영역을 가진 어떤 것이라는 의미가 있습니다. 짧은 호흡으로 이리저리 휩쓸리지 않고 견고한 아성을 구축하는 것은 클래식 정신과 통하지 않을까요.

리더가 흔들리면 조직 전체가 흔들리고 그를 따르는 사람들도 흔들립니다. 지휘자의 지휘봉이 음악 전체의 색깔을 좌우하듯, 리더의 표현이나 행동은 그만큼 중요합니다.

방대한 클래식의 바다에서 음악 그 자체 외에도 어떤 고기를 건져 올릴지요? 관점에 따라서는 많은 것을 볼 수 있습니다. 견고한 리더십의 모습을 건져내기도 하고 열정의 불꽃을 끄집어낼 수도 있습니다. 위대한 바이올린 제작 장인 안토니오 스트라디바리우스에게는 완벽을 향한 정신을 배울 수도 있습니다.

베토벤도 그렇고 많은 위대한 클래식 거인들이 스스로 완벽한 행복의 상태에서 작곡을 하거나 예술 세계를 만들어나간 것은 아닙니다. 그들도 때로는 인생의 무게에 지쳐서 비틀거리면서 흔들리면서 작품을 만들어나갔습니다.

매일매일 한결같이 환희에 차 있는 사람이 얼마나 될까요. 불완전함을 안고 자신만의 '여정'을 가는 것이 우리의 삶 아닐까요. 아마도 그냥저냥 주저앉아서 '적당함'과 타협하는 사람과 '클래식'을 닮고자 하는 사람은 살아갈수록 그 격차가 점점 더 크게 벌어질 것입니다.

교향곡 이탈리아

멘델스존이 이탈리아를 여행하면서 느낀 감정을 담았다고 해서
'이탈리아'로 불리는 교향곡입니다.
이 책 표지의 자전거 타는 소녀처럼
화창한 날씨를 마음껏 즐기는 느낌의 곡입니다.
소녀는 마치 르누아르 그림에 등장하는 인물들처럼
행복을 만끽하는 표정입니다.
유복한 환경에서 구김살 없이 자란 멘델스존은 자신의 젊음을 구가하며
이탈리아 여행을 즐기다 이 곡의 악상을 떠올렸을 것입니다.
코로나가 덮쳤던 세상도 결코 소녀의 미소와 자전거를 멈출 수 없듯이
일상의 지친 심신을 달래고 싶을 때 당신을 위해 흘러나오는
클래식 선율은 그 누구도 막을 수 없을 것입니다.
어느 화창한 날, 당신이 일상의 공간에서 벗어나 바람을 가르며 달릴 때
'이탈리아'의 발랄하고 거침없는 선율이 떠오를지도 모릅니다.

예술이란 얼마나 풍요로운 것인가? 본 것을 기억할 수 있는 사람은 결코
허무하지도 생각에 목마르지도 않으며 고독하지도 않을 것이다.

— 반 고흐

영화 〈마리아 칼라스〉에서 대중과 매스컴의 집요한 관심과 오
해를 받으며 마리아 칼라스는 이런 말을 합니다.

"내가 이해할 수 있는 유일한 언어는 노래입니다."

이 말은 이렇게 들렸습니다. 세상 모든 사람이 나에게 등을 돌려
도 나를 위로해준 유일한 언어는 언제나 음악이었습니다.

나에게는 클래식이라는 언어가 있었습니다. 클래식은 내가 세
상에서 상처받았을 때 위로받은 너무나 고마운 언어였습니다. 오
페라 아리아의 노랫말, 곡명과 악기 구성은 몰라도 우리 귀에 들려
오는 클래식 선율은 아마도 이렇게 속삭이고 있을 것입니다.

"이 음악을 이해하라고 당신께 들려주는 건 아닙니다. 그저 때
로는 의미를 찾지 않고 들어도 좋은 소리가 있다고 느꼈다면 그만
입니다."

고달픈 현실의 짐을 잠시 내려놓고 싶을 때 베토벤 〈피아노 협

주곡 No.5) '황제', 멘델스존 〈바이올린 협주곡 Op. 64〉, 차이코프스키의 〈현악 4중주 No.1〉 중 〈안단테 칸타빌레〉 같은 곡을 들어보시길 권합니다. 이외에도 열거하기 힘들 정도로 무수한 클래식 명곡들이 있습니다.

삶의 무게가 나를 짓누를 때, 만사를 잊고 현실의 짐을 내려놓고 싶을 때 이런 음악들은 현실의 스위치를 잠시 끄고 이 소리를 들어보라며 때로는 속삭이듯, 때로는 천둥 같은 포효로 지친 영혼을 어루만져주었습니다.

밥벌이를 위한 수많은 지식으로 뇌를 채우기만 할 때 비우라는 소리가 어디선가 들리면 클래식 선율은 말없이 호응했습니다. 누구나 팽팽한 긴장의 연속 속에 살다가도 의지를 내려놓고 싶을 때가 있을 것입니다.

쇼펜하우어는 인간의 의지가 모든 고통의 원천이라고 보았습니다. 의지는 사람에게 항상 무언가를 갈구하게 하고 어떤 행동의 원인이 되기 때문입니다. 쇼펜하우어는 이런 의지를 일시적으로나마 소멸시키기 위해 음악을 통해 텅 빈 상태를 만들 수 있다고 보았습니다.

음악은 우리의 의지를 일시적으로나마 소멸시켜 텅 비어 있는 상태를 만들 수도 있을 것입니다. 뇌과학 연구도 음악이 우리의 뇌를 일시적으로 텅 비게 할 수 있다는 결과를 내놓고 있습니다.

채움과 비움의 조화가 무너지면 삶이 파괴되지 않을까요. 그 비움을 위해 클래식의 자리가 있지 않을까도 생각합니다. 일상의 쳇

바퀴를 잠시 멈추고 비우는 것은 '멈춤'과도 통합니다.

시인 백무산의 〈정지의 힘〉이라는 시에 이런 구절이 있습니다.

∽   씨앗처럼 정지하라, 꽃은 멈춤의 힘으로 피어난다.

이런 '정지의 시간'이 있다면 사람들은 예술에 시선을 돌릴 수도 있을 것입니다.

일본의 정신과 의사이자 음악평론가인 이즈미야 간지는 이렇게 말했습니다.

∽   사람이 정말로 성숙해간다는 것에는 예술의 의미를 찾고 즐길 수 있게 되어간다는 의미도 포함되지 않을까. 이것이야 말로 다른 동물에게는 없는, 인간만이 지니는 풍요로움이다. 따라서 예술은 많은 사람이 오해하듯이 있어도 그만, 없어도 그만인 상품이 아니다. 인간의 영혼에 없어서는 안 되는 존재다. 이른바 타인에게 과시하기 위한 교양도 아니며, 공허한 생활을 메우기 위해 꾸미는 장식품도 아니다. 즉 예술은 인간답게 살기 위해서 반드시 있어야 하는 것이며 결코 남아돌아 몸에 걸치는 사치품도 아니다.

이런 예술의 한 자리를 클래식 음악이 차지하고 있어서인지 클래식은 나의 정신적 풍요와 인간다운 삶을 지탱해주는 고마운 친구가 되었습니다.

한동안 집안 어딘가에 잘 모셔두었던 바이올린을 다시 꺼내보았습니다. 스트라디바리우스는 아니더라도 애장품으로 아끼는 악기의 몸체에 금이 가고 줄은 풀려 있었습니다. 마음이 아프기도 했지만 수선해서 사용하고 있습니다.

현악기처럼 우리 정신도 돌보지 않으면 이상이 생기겠지요. 너무 팽팽하게 자신을 다그치면 현악기 줄처럼 끊어질 것이고 지나치게 느슨하면 필요한 소리를 낼 수 없겠지요. 우리 정신을 적당한 긴장으로 유지할 때 최고의 행복감을 누릴 수 있고 우리 몸도 최선의 상태에서 움직일 수 있겠지요.

현악기 선을 조율하듯 독자들이 스스로 정신을 가다듬고 다시 아름다운 자신의 목소리를 낼 수 있는 데 이 책이 작은 도움이나마 되었다면 더 이상의 바람은 없습니다. '자신만의 클래식'을 찾아 나서는 분들의 인생 여정에도 이 책이 아주 자그마한 울림이라도 주었으면 합니다.

클래식을 생각하며 천천히 걸어온 여정을 마칩니다. 때로 혹독한 외로움을 견디는 치료제가 되었던 글들에 햇볕을 쐬는 기쁨을 선사한 분들께 감사의 마음을 전합니다.